米阿的孩子

李丽萍　著

北方联合出版传媒（集团）股份有限公司
辽宁少年儿童出版社
沈　阳

图书在版编目（CIP）数据

米阿的孩子 / 李丽萍著. —沈阳：辽宁少年儿童出版社，2015.4
ISBN 978-7-5315-6456-0

Ⅰ.①米… Ⅱ.①李… Ⅲ.①中篇小说—中国—当代 Ⅳ.①I247.5

中国版本图书馆 CIP 数据核字（2015）第 059423 号

出版发行：北方联合出版传媒（集团）股份有限公司
　　　　　辽宁少年儿童出版社
出 版 人：许科甲
地　　址：沈阳市和平区十一纬路 25 号
邮　　编：110003
发行（销售）部电话：024-23284265
总编室电话：024-23284269
E-mail: lnse@mail.lnpgc.com.cn
http://www.lnse.com
承 印 厂：辽宁星海彩色印刷有限公司

责任编辑：许科甲　朱艳菊
责任校对：贺婷莉　那一文　李　爽
封面设计：白　冰
版式设计：东　科
插　　画：东　科
责任印制：吕国刚

幅面尺寸：165mm×230mm
印　　张：13.75　　字数：140 千字
出版时间：2015 年 4 月第 1 版
印刷时间：2015 年 4 月第 1 次印刷
标准书号：ISBN 978-7-5315-6456-0
定　　价：25.00 元

李丽萍：村庄作为小说

当李丽萍开始写《春风吹倒了毛地黄》时，她感到自己必须着手去做的，是一项庞大的事业：把一个个有生命力的小村庄变成一部部鲜活的小说，把村庄里的河流、花草、羊肠小道当成角色，哪怕一片叶子、灌木丛中的小草、夜里的飞虫……而那里的孩子自然是当仁不让的主角。新作《米阿的孩子》，主角依然是孩子与村庄。"孩子"是"米阿的孩子"，"米阿"是"孩子的米阿"。他们像父与子，默默相守，不离不弃。它讲述了这样一个故事：年轻的音乐老师赵小岚作为下乡教师来到米阿，把音乐带进这个封闭的小村庄，让这个沉睡了很久的小村庄在孩子们的歌声中慢慢苏醒……

《米阿的孩子》很像一部中国版的《放牛班的春天》，对不对？可惜，它不是。可幸，它不是。

可惜的是，它的结局让人如此忧伤。小蚊子曾说："要是我有魔法，我就按动开关，关掉冬天，老师就不会离开米阿了。"所以，春天只是短暂的，冬天还是要来，老师终究是要走的。还会有新的老师来吗？什么时候会来？米阿的孩子必须耐心等待下一个春天……但从艺术作品的角度来欣赏，这种有缺憾的结局，似乎更具有悲剧主义的美感和现实主义的启示。

可幸的是，它不是一部重复的艺术作品。《放牛班的春天》关注的是孩子个人命运的改变，而《米阿的孩子》让你想到的绝不仅仅是一个个孩子的未来，还有他们赖以生存的那片土地——村庄的颓败与生机。米阿是一个几乎被世界遗忘的角落，她像一个年迈的老妪，步履缓慢、目光沉滞，只有当这沉滞的目光投注在孩子——这种天性向光的生物身上时，才灵光一闪，有了生机与希望。而住在村庄里的孩子们啊，哪怕只有分寸的宽敞，也要向着太阳照射的方向，向着明亮那方。支教的音乐老师赵小岚来自外面的世界，她像一束暖暖的阳光照进米阿，而孩子们则像一片片等待了一个冬天的叶子，快乐地向着阳光洒下的方向……"唱着歌穿过森林，走过草地，走过大片的向日葵，经过潺潺流动的牤牛河，河面传来青蛙的叫声和鱼跳出水面的哗啦声。"

"请不要再约束我
我是个自由的孩子

我要追着风去奔跑

我要在晨露中踏过草原

我要翻越山川与河流

我要寻找那美好的明天……"

这种颓败中的生机，有一种令人心碎的美感。这实在是一种无可挑剔的艺术表达。

同时，作者安排故事结构的方式是情节跟随人物介绍展开，使人物和情景都活灵活现起来：少白头的老朱、使花招骗老朱笛子的春草、春草的朋友"蒙古王"、胆小的小蚊子、抱来的孩子节子、调皮捣蛋的淘气儿、视手风琴为生命的黑泥……几乎每一个孩子都用一个或两个章节来叙述，他们性格迥异，故事也各有精彩，但是当你把他们的故事都读完，却有一个感觉：他们大的命运与遭遇大抵都是如此吧。

米阿的孩子们让我想起《兔之眼》的作者灰谷健次郎先生说的那句话："孩子们的善良，照亮所有人脚下的路，引领人们走向未来；这太阳般闪亮的希望，不论多么不幸的人都能够拥有。"这是作者李丽萍埋在书中的一股爱的潜流，它通过米阿的孩子这群边缘代言人来表达，并希望支教音乐老师赵小岚能将这份爱传递出去。因为当我们大多数都市人还沉浸在"种我们自己的园地"这种"高明"的智慧中时，那些村庄里的孩子只有孤单和无助。或许每个人散发出一点点的光亮就可以把那里照亮，毕竟他们要的并不多。

另外，在《米阿的孩子》这部小说中，我们可以看到作家李丽萍试图呈现在我们眼前的村庄是多样的，而且层层相叠，就像一颗洋葱：这里有留守儿童，有单亲家庭的孩子，有捡来的孩子，有受家庭暴力的孩子，还有贫苦被迫辍学的孩子……这些孩子的父母和亲人既可怜又可恨，无力自救，同时也放弃了孩子，但只要有一点点光亮，你还是可以看到他们心上的善良……我们阅读它，不断将它剥开，一层一层，泪眼迷离。

没有音乐的孩子，寂寞的时候，给他一支能吹出响声的笛子，他就会开心起来吧；没有妈妈的孩子，伤心的时候，见到妈妈，他就会高兴起来吧……这苦涩的意义，如果越来越多的人因为李丽萍的小说而懂得，那我想，李丽萍——村庄作为小说的意义，堪比巴尔扎克——城市作为小说的意义吧。

目录

这就是米阿小学

现在，我的床正对着窗户，透过窗户就能看见对面的群山。每晚入睡前，我总是把窗帘拉开一些，这样就能伴着黎明的第一缕晨光醒来。

起床后收拾妥当，我打开门窗，然后在电子琴前坐下来，接着，清澈如流水般的音乐便在这个静谧的小山村里流淌开来。

我叫赵小岚，是一名刚刚走上工作岗位的小学音乐教师。在这之前，我每天的生活是吃饭、逛街、唱歌、教课以及坐在宽敞明亮的办公室里和同事们喝茶聊天，如今，我却只身来到这个连乐器是什么都不知道的小山村里。简直就像一场梦。

事情的起因是，市教育局开展了一项"城乡教育一体化"活动，要组织部分教师下乡支教，与乡村教师结对负责一个班级，共同完成教学任务。每个学校都要派人参加。领导找到我，语重心长地说："你是新来的教师，年轻没有经验，尤其需要接受这样的锻炼。不过你放心，为了照顾你们这些年轻女孩子，

市里给安排的都是条件比较好的地方。几天后，你就和其他教师一起奔赴指定学校。"

听到这个消息，我郁闷得想哭。就在前阵子，我还准备和几位音乐学院的同学组建一个小乐队，突然发生的变故打乱了我的计划，也使我未来的生活发生了天翻地覆的变化。

父母一点儿也不希望我去乡下支教，在他们眼里，我还是一个长不大的孩子，从小到大从没吃过一丁点儿苦，到了那边可怎么办？那阵子，压抑而无奈的情绪笼罩着全家。后来还是爸爸开导我说，越是艰苦的地方越是锻炼人，也许这次能让你得到真正的成长，对你有利，你就去吧。爸爸还说，实在受不了就跟家里人说，他们会想尽一切办法帮助我。

万般无奈之下，我只好收拾行装，做动身前往米阿的准备。

出发的那天，我早早就醒了，却继续把自己埋在床褥之间装睡，我以为这样欺骗自己，将要发生的一切就都不存在了，直到上了火车，我犹在梦中。送站的亲人对我千叮咛万嘱咐，为了不让父母难过，我强装笑颜朝他们挥手说再见，火车一发动，我就开始流泪。

三个小时后，我下了火车转坐去米阿的客车。在灰尘弥漫的客车上，我晕车晕得很严重，差点儿把胃都吐出来了。冲动和难过之下，真想掉头回去！就在这时，我接到了妈妈的电话，忍不住泪如雨下。我在这边哭，妈妈在那边哭，当时的情景，好像我去的不是学校，而是上前线战场。

　　肮脏笨重的客车翻山越岭，颠簸在坑坑洼洼尚未修好的山路上，像醉汉一样左右摇晃，而另一侧就是陡峭的悬崖。汽车每一次转弯，我的身子都仿佛悬在半空中一般，吓得我忘了伤心，用力抓住座椅靠背，心提到喉咙口，大气都不敢喘。客车颠簸了一个多小时后，终于到达了目的地，把我扔在山脚下扬尘而去。

　　按照约定，米阿小学会有人来接我。可是山口空荡荡的，连个人影都没有。烈日当空，晒得我的皮肤火辣辣地疼。阵风吹过，尘土飞扬，眯了双眼，脏了衣衫，使我更加沮丧。我只好把大大小小的行李拖到一边，将手提包放在头上遮挡阳光，然后坐在路边的石头上，迷茫又忧伤地打量着周围。

　　四周是连绵不绝、层层叠叠的群山，田野里有牲畜和正在劳动的人。明朗的田野，肥沃的耕地，风在低吟，头顶上群鸟如轻烟般飘过，这一切新鲜而又生动，可是我却完全没有心情欣赏。

　　米阿，千辛万苦的，我来了，可是你呢，为什么如此怠慢？

　　终于，远处传来哗啦啦的马车声，一个男人连连挥舞鞭子赶着马车，向我坐的地方飞速驶来。从赶车人焦急的动作判断，应该是来接我的人。

　　车到跟前，一个农民伯伯满头大汗地跳下车，对着我憨憨地一笑。原来，他的车坏在了半路，不得不回去借了一辆新的，这样一来时间就耽搁了。伯伯不停地向我道歉，我勉强挤出笑容说，没关系。劳累加上日晒，我的声音有气无力。伯伯说，校长一定等急了，我们赶紧走。他把我所有东西放上车，然后扶我上了马车。

这是我第一次坐马车，新鲜感暂时冲淡了忧伤。拉车的马膘肥体壮，光滑的脊背好像搽了油似的。待它往前走去，那迎风飞舞的鬃毛，那力量，那雄姿，给人以威武豪放、勇往直前的感觉。马尾巴很长，在屁股后面扫来扫去的，有几次有力地扫到我身上，我躲闪惊叫，农民伯伯发出善意的笑声，我也跟着笑了起来。不知不觉的，心情好了一点点。

渡牤牛河时，马差不多是在游泳了。马车这会儿变成了木船。不久，马浑身滴着水上了岸，走上坑坑洼洼的石子路，一路颠簸向前，七拐八拐地又走了一段路，来到一个偏僻的院落前面。

一个瘦瘦的老人等在那里，见到我们急忙迎上来，一张脸饱经风霜，就像老树的树皮。这位一定就是校长了。校长不停地解释说，他身体不好，不能远迎，十分抱歉。我连说没什么，并请他带我去米阿小学看一看。校长指着前面的院子说，这就是咱们的米阿小学。

尽管有着充足的心理准备，但眼前这所小学还是让我惊呆了："这就是?!"

一瞬间,我感觉自己被骗了,这就是"条件较好"的学校?

眼前的小院子里长满了杂草,七零八落的围墙,低矮阴暗的房子,根本不像学校,倒像是个农家场院!由于围墙倒塌,猪和鸡时不时地来串个门,地上又是猪粪又是鸡粪,还有一大群麻雀住在房檐下面,鸟粪把窗台和地面都染白了,害得我好几次用纸擦拭鞋底上的粪便。一个石头堆建的乒乓球台孤零零地立在院子一角,这唯一的体育设施使我相信了这的确是一所学校。

听校长的语气,似乎并不觉得这里条件有多差:"我们这里挺好,啥都有,就是缺一个好老师。"

校长介绍道,米阿小学共有五名教师,四十一名学生,分别来自周围的几个自然村屯,其中几个屯子连名字都没有。这五名教师中,上周有一个辞职出去打工,现在只剩四个了,师资力量很是薄弱。他非常希望有教师愿意来山里教教这些孩子,让他们得到良好的教育。

校长还说,米阿前后曾来过十多名教师,但都是来去匆匆,有的待了十多天就离开了,有的甚至刚走到半山腰就打道回府了。我突然想到,自己刚才不也有过同样的想法吗?

我沮丧地跟在校长身后,要去看看我的临时住处。路上遇到了几个背着柴捆的孩子,他们吸着鼻涕,脸蛋儿脏脏的,头发乱七八糟，衣着破烂，浑身带着田野的气息。他们跟在我们旁边，专注地、静静地打量着我。这么小的孩子就要拾柴干活儿，我不由得心生怜爱。看到我在看他们，他们害羞地背着柴捆跑开了，不一会儿又跑回来，柴捆不见了，身后多了几个大人。

有个城里的女教师光临米阿，引起了空前的轰动。不到十分钟，一大帮村里人都跑出来看我。他们个个笑容可掬，把我紧紧地围在当中，眼睛里闪烁着疑惑和好奇。

他们又说又笑地跟在我身后，一路把我送到了事先安排好的住处，却仍然不肯走，一直拉着我，问这问那，直到夜已深了，校长将所有人都赶走，我才有时间洗漱和休息。

第二天天一亮，房子的女主人就来了，她可能怕我寂寞，不停地跟我聊天，聊她家的土地和收成，聊她家的母猪生了十二只黑白花的小猪崽儿，好像这些话能安慰我似的。她还坚持要带我去看看那些小猪崽儿，其实，我对臭烘烘的猪根本不感兴趣，但还是跟着她去了。在院子里，她指着附近山坡上的一座房子，说那里就是我以后的住处。房东正带着人维修，很快我就可以搬过去了。当看到一座年久失修的小土房孤独地立在一片草坡上时，我心底顿时涌起一丝凉意。想到自己竟要住在那样的房子里，简直无法接受！

此后的几天，我暂时住在房东家。房东家的土炕很硬，被褥也不舒服，想打电话给家人发牢骚，却发现手机在这里没有信号，心情真是郁闷到了极点。

晚上，女主人给大家准备晚饭，我一眼看见了菜板，不但可以清晰地看到风在上面留下的灰尘，还能看到肉在这上面剁成肉末以及喂猪的青菜在上面被切碎的种种痕迹。天哪，我多么想念温暖干净的家和妈妈亲手做的饭菜啊！我多么希望时间能够倒退，把从前的人生还给我！

这天晚上，我失眠了。我走出屋外，站在山坡上，遥望那一望无际的田野和层层叠叠的远山，此刻，它们笼罩着一片蓝色，静谧而安详。抬头间，月亮安静地挂在树梢上，严肃地俯视着我，仿佛在等着我开口说点儿什么。我也在问自己，未来的日子，自己究竟何去何从？

我环视着这个简单的农家院子，环顾着矮墙、牛栏、场院、房屋、鸡犬……随风飘来旷野的清香，还有旱烟味、泥土味、牛粪味、汗味、干柴味……这些味道夹杂在一起，这是米阿人的香水。

从米阿人的生活态度，可以感受到他们对故乡的爱，他们爱这里的每一粒种子、每一棵小草、每一块土壤，这是他们的王国。如果我想成为一位好教师，就要做个真正的米阿人，融入他们中间去，那样一来，我不但要接受米阿的幽静美丽，也要接受它的贫穷和荒凉，甚至接受它的愚昧和无知。

我暗暗地呼了一口气，试图点燃起信心。但是，我做不到。

我觉得自己也会成为一颗从米阿这座山谷边划过的流星。这样一想，不知道为什么，心底竟然冒出一丝奇怪的不舍和犹豫。为什么会是这样呢？

沉思默想之间，我看到阳光将草地、村巷一点点照亮，太阳喷薄而出的那一刹那，我终于做出了决定：留在米阿。我知道自己自私而渺小，但是不管怎样，我都要为米阿留下一点儿微弱的光芒。

第一堂音乐课

当阳光照彻苍茫的群山，洒向米阿小学时，我敲响了挂在树上的铁锹头。

米阿小学的上课铃是用一个破铁锹头做的，用炉钩在上面敲打，就会发出清脆响亮的声音，这声音越过密匝匝的树冠，越过学校的屋顶，越过村子的上空，越过绿油油的庄稼和田野，越过整个山谷，然后返回来。

不一会儿，所有孩子都到齐了，一张张小脸如同向阳的葵花般目不转睛地凝视着我。教室里异常寂静，甚至能听见山谷里传来的阵阵松涛声。

在开课前，校长对我做了一番介绍。他嗓音沙哑，带着炊烟的味道，他管音乐叫"音要"。他说："这就是新来的音要（乐）老师，叫赵小岚，以后你们都要听她的。"等他那篇长达半节课的发言结束后，终于把时间留给了我。

我开始对着花名册熟悉班里的每个学生，被叫名字的人会站起来。我发现房东的儿子小锁也在其中。早上，他主动为不熟悉村路的我带路。出发前，他先是在一个石头水槽里饮马，然后牵着马下坡，沿着村路来到一片杨树林。树下卧着几头牛，当我们走近时，它们站立起来看着我们。小锁把马拴在附近吃草，然后带我去学校。

我们沿着羊肠小路行进，惊起了草丛中的蚱蜢。我从没有见过这么多的蚱蜢，数目之多，就像节日的夜空里绽放的烟花一样，有好几只跳到我的身上，我又叫又笑。

一路上，小锁不时跑开，一会儿去拣蘑菇，一会儿发现了地衣，一会儿去捉昆虫，一会儿去牵拉灌木上的藤蔓，他的活力和生机感染了我，我仿佛也回到了童年，我虽然没有跟着他跑跑跳跳，但我的一颗心却跟着他那样做了。

点名完毕，我觉得自己应该说点儿什么，但脑子里却空空如也，好半天，我终于找到了话题："告诉老师，你们中有谁

会唱歌？"

孩子们害羞地你看看我，我看看你，都不好意思说话。

我看向坐在第一排的一个孩子，他的个头儿只比桌子高一点儿，下巴快碰到桌面了，他的名字叫黑泥。这是他的绰号。此刻，他满是污垢的脸蛋儿上停着一只苍蝇。他也不驱赶它，仿佛它不存在似的。那只苍蝇试探着朝他的鼻子下面靠近。他的鼻子下面老是挂着一筒鼻涕，等鼻涕慢慢流到嘴边，他就大力地吸一下，把它吸回去。在一堂课的时间里，整间教室都响着他吸鼻涕的声音。

"黑泥，你会唱歌吗？"

"不会。"黑泥老实而羞怯地回答。

"你呢？"我又问前排另一个叫小蚊子的孩子。小蚊子慌慌张张地猛摇头，非常害怕的样子。我只好移开目光，问问后排一个高个子的孩子，他也朝我摇摇头。

"为什么？"

"我嗓子不好。"他开口说话时，声音果然沙哑至极。

很快我就发现，米阿的孩子不但不会唱歌，就连升旗时唱的国歌也经常忘词和跑调。由于教师少，孩子们之前的音乐课是由一位快退休的老教师代教的，他不仅要教好几个年级的语文和数学，还负责体育课、自然课、音乐课的教学。对于音乐课，他没有什么教学经验，年纪又大，孩子们根本不怕他，一上音乐课不是逃课就是调皮捣蛋，把他气个半死。他只上了几堂就把音乐课改成了自习课，由着孩子们去了。

酷爱音乐的我，生活中一天没有音乐都觉得缺少了什么，而米阿的孩子，却完全不能领会音乐对生活、对生命的美好影响。想到这儿，我很灰心，不知道如何与这样的孩子沟通。

这是我第一次上课，课堂气氛死气沉沉，孩子们兴趣寡然。一筹莫展之余，我忽然又动了迅速离开的念头。

这两天上学和放学，小锁一直陪着我，他断断续续地向我讲了米阿的情况。

这里的学校大都离家很远，孩子们每天上学、放学，来回要走十几里路，为了不迟到，每天天不亮就得起床。碰到雨季，孩子们不知摔了多少跤才能到学校。到了雪天，上学之路更加艰难，孩子们衣着单薄，手脚满是冻疮，脚下一步一滑。但是，不论条件多么恶劣，孩子们都会及时来到学校，很少有迟到和旷课的。

小锁的话再次触动了我。本来打算放弃的，现在，我突然愧疚起来。

那些在微光中艰难前行的单薄身影，像剪影一样刻印在了我的脑海中。从此，每当想起这幅画面，不管多么疲倦，我的内心都会立刻柔软下来。

第一批学员

我想为米阿的孩子上一堂真正的音乐课——教他们学习基本乐理知识。孩子们学得很吃力，一堂课很快就过去了，没有多大的收获。我意识到，如果想改变目前这种现状，光是一周两节音乐课是不够的，还需要投入大量的时间，进行大量的教学辅导才行。不过这样做是很难、很累的，我怕自己扛不住。

爸爸听了我的想法后，说："女儿，这些孩子很可怜，他们更需要理想和激情。你不能总想着实现自己的梦想，有的时候，帮助别人实现梦想才更有意义。"

"爸爸，你真会鼓舞人！"我笑了。

有了爸爸的支持，我又有了信心，开始认真地考虑我最初的设想。夜里，我睡不着，望着外面的夜空，突然，脑袋里仿佛有盏灯唰地亮了起来。有办法了！

我一把掀开被子，穿衣起床。一看表才知道起来得太早了，只好躺回去眼睁睁地等着天亮。熬到四点，天终于亮了，我打开门走出去，新的一天伴随着晨风扑面而来，在晨鸟的欢唱声中，我深吸了一口气，对自己说：

"小岚同志，从今天开始，你就要改变米阿啦！"

山坡上的房子已经修好了，我把东西搬了过去，在里面放好了凳子，摆好黑板和粉笔，又采了一束蓝色鸢尾花插在瓶子里，放在窗台上。经过我的装饰，原本普通的房子变得干净而有情趣。

我的办法是，成立一个课后辅导班，义务教孩子们学唱歌，这样，就能让他们有更多的机会了解音乐了，是不是很棒？我敢说孩子们一定会喜欢这里的！

我再次敲响了树上的铁锹头，这清脆嘹亮的声音里有着郑重其事的味道。

我信心满满地把这个消息告诉给孩子们。剩下的时间就是打开门，等着学生上门了。

出乎意料的是，一连几天都没人上门。偶然有几个孩子来了，也远远地绕开这里，仿佛有个凶恶的门神把守在门口一样。

这是为什么？

一早，我出门倒水，发现有个孩子正在探头探脑地朝房间里张望，其他几个孩子则躲藏在树后，一副随时准备跑掉的样子。为了不惊动他们，我从另一面包抄过去，转过墙角，轻而易举地逮到了那个来侦察的小家伙。余下的孩子顿时乱了方寸，

纷纷奔向墙后或者柴垛去寻找隐蔽处。那个被抓住的孩子没能及时跑掉，就含着一根指头，冲着我傻傻地笑。

"告诉老师，你叫什么名字？"我问这个小"俘虏"。他忸怩着不说话。我把他湿漉漉的手指从他的嘴里拉出来，"你们是不是来报名学唱歌的？"

他还是不说话，又把手指含在嘴里。

见问不出什么，我只好放他走了。

第二天，有四个孩子走过来，驻足观望了一阵，走了。随后，又有几个孩子在窗前晃了一圈，窃窃私语一阵，也走了。到最后，也没有一个孩子前来报名。

虽然心里越来越没底，但是开弓没有回头箭，我不能气馁，决定在上音乐课时亲自劝说学生们来学习。

在音乐课上，我又是劝说又是鼓励，就是没效果。男生们四处张望不看我，女生们则羞怯而忸怩地捂嘴笑着，就是没有人回应。

"孩子们，难道你们真的一点儿都不喜欢唱歌吗？"

孩子们不回答，只是定睛地望着我。

面对这些不擅表达的孩子，我真是犯愁了。难道是我的方式有问题？

我又走到电子琴前，为他们边弹边唱了一首动听的歌曲《幸福拍手歌》，这是一首很容易激发起大家互动的欢快的歌曲。

假如感到幸福你就拍拍手

假如感到幸福你就拍拍手

假如感到幸福就拍拍手，拍拍手

我们大家一起拍拍手

……

我边唱边观察着孩子们的反应，果然，他们变得活跃起来。

"同学们，这首歌好听吗?"一曲完毕，我问。

"好听!"有个孩子大胆地回答。

"那你们想不想学?"

"想学!"有更多的孩子发出了声音。

"好，现在我就来教你们唱这首歌，但是，要请你们配合一下，边唱边做拍手的动作好不好?"

"好!"孩子们兴奋起来。

我把歌词写在黑板上，教大家唱，孩子们一会儿走调、忘词，一会儿吐字不清晰，我则一遍又一遍地纠正他们。一节课结束，学生们终于学会了这首歌曲。在电子琴的伴奏声中齐声歌唱，给孩子们带来了前所未有的美好感受。

"同学们，我还要教你们唱更多好听好玩的歌，你们愿不愿意来跟我学习?"

"愿意!"一些学生叫道。

"这个周末愿意来跟我学习的，请举手。"

听我这么一说，孩子们嬉笑着，你推我，我搡你，都不好意思举手，有的刚举起又放了下去。

我灵机一动，使了一个小手段。

"如果有人勇敢地来报名，我会送他一支铅笔。"我举起一支铅笔说，"有没有人想要这支漂亮的铅笔？"

孩子们开始跃跃欲试，左顾右盼，交头接耳。

"这种铅笔又好用又好看，"我极具诱惑力地摇晃着手里的铅笔，"想要它的人就得答应我，跟我学唱歌！"

"我要。"讲台下面有人用极小的声音说道。

"声音太小，我听不清哦。如果不大声说，它可就是别人的啦。"我问一个绰号叫"老朱"的学生，"朱吉来，你想不想要？"

"唔……唔……"老朱寡言少语，说起话来很费力，像是用铁锹把字一个一个挖出来似的。他可以发出很多种意义含混的唔唔声，你怎么理解都成。

"好，你们看，老朱已经同意参加了。老朱，你可以来拿铅笔了。"

老朱走上前来把铅笔拿回去，其他孩子立刻围过去。

"给我看看！"

"哎呀，太好看了！"

"咱这儿真没有这样的铅笔！"

"还带小猫图案！"

孩子们七嘴八舌，情绪高涨。

我又看向右排座位一个男孩子，他的绰号叫"油菜"。"油菜，你想不想唱歌？"

油菜有点儿发愣，周围的人都小声地撺掇他站起来，他的同桌也拿胳膊肘直捅他。最后，他终于腾地一下站起来，吼了句："想！"说完就扑通一声坐下了，表情颇为自豪。

"好，你可以来拿一支铅笔了。"

油菜跑上前来接过铅笔。

现在，我有两个学生了。我十分得意，又叫起中排一个男生："你长得那么漂亮，唱歌一定好听。想不想当一个小歌星？"

这个孩子红着脸，在众人的笑声中走过来伸手接过了铅笔。

女生们终于坐不住了。一个女生站起来，略带羞涩地问道："我能参加吗？"

"好，你也得到了一支铅笔。"

"老师，我能要一支粉色的吗？"

"好的。粉色的，拿着！"

一见女生都报名了，孩子们的积极性大增，纷纷举起小手，到后来，本不想参加的人都跟着拼命举手，生怕被落下。

"老师，我要参加！"

"老师，我也参加！"

……

我成功了。我有了第一批课外学生。那个周末，在我的课后辅导班，辅导课正式开始。

"现在，有没有人能把昨天学习的《幸福拍手歌》独唱一遍？"我问。

孩子们你看看我，我看看你，谁也不举手。我又使出小手段，拿出了一块糖："有哪个人能够完整地唱完这首歌，这块糖就奖给他，唱完就可以马上吃掉。"

在米阿，物质引诱真的很管用。也不需要太贵的东西，只要一块小小的橡皮，或者是一个卷笔刀，就足以诱惑他们了。

首个试唱的是黑泥。他站了起来，擦了一把脸上的污垢，扯着嗓子，无比悲壮地喊起来："假如感到幸福你就拍拍手……"

他的声音太过稚嫩，面容又太过严肃，不像在唱一首欢快的歌，倒像是英雄在就义前喊口号。大家被逗得哈哈大笑，我本打算制止他们，结果自己也控制不住地笑个不停。

"好，黑泥同学，你唱得很好，这块糖归你了。"

黑泥上来领糖，孩子们一拥而上。

"给我看看！"

"是金纸包着的！真好看！"

"让我闻一下吧！"

"还有没有人想唱？"我趁机问道。

"老师，我唱！"第二个孩子站起来，完整地唱完了这首歌，他也得到了一块糖。

"好，现在是合唱时间。我来弹琴，同学们一起唱。不要忘了配合拍手的动作……"

"假如感到幸福你就拍拍手……"

就在这一瞬间，我有个强烈的感受，当你认真做事，并且能够一直对美好的事物心存信仰，那么，这样的选择不仅会让自己充实，也会让生活变得有意义。

学唱歌的学生顺利地定下来了，接下来，就是最重要的事——成立小乐队，这样，既可以让米阿的孩子们过上全新的生活，也可以圆了我自己想成立乐队的梦。

可想而知，孩子们对这个提议是多么的茫然。别说乐队，他们连乐器是什么都不知道。

于是，我拿起随身带来的手风琴，拉了一曲《山楂树》。孩子们听着，教室里非常安静。一首完毕，坐在第一排的黑泥打破沉默，发表了看法。由于缺少两颗门牙，他说话有些漏风，"真好听！"他说。

"很好听是不是？如果你们愿意跟我学，将来也会像我一样，甚至能比我演奏得更动听。"

我告诉孩子们，演奏并没有大家想象中那么难，只要认真学习，坚持练习，人人都可能成为一个演奏家。

"老师，能让我看看那个琴吗？"黑泥勇敢地说。

"好啊，你们谁想看都可以。"我说。

孩子们闻听，一拥而上，把手风琴围得水泄不通。

这是孩子们第一次近距离见到手风琴，之前只在电视里见过。他们满怀崇敬地研究着它，那上面有一排键子，有许多的布褶，还有一个风箱，风箱上有许多的小按钮，十分好玩。当黑泥把他的手指尖触到手风琴精致的按钮上面时，马上收了回来，仿佛被烫了一下似的。他的手很脏，指甲里尽是泥垢，显然他自己也意识到了，忙把手藏起来。

"想拉一下吗？"我问。

他摇摇头。

"来试一试嘛。"

他羞涩地走过来。

"这就对了。"我帮他把手风琴背在身上，"这儿有三个背带，一个背在脖子上，剩下的两个背在肩膀上，还有个风箱布，你把左手伸进去。"黑泥照办了。我教他拉和收，并用手指按动按钮，手风琴发出了动听的声音。黑泥为弄出这种声响而兴奋不已，脸红涨着，心似乎跳得连敞开的衬衫也在颤动："老师，我学这个行吗？"他问。

"好啊，可是学这个是比较辛苦的，你能坚持下去吗？"

"我能！"

"欢迎你成为小乐队的第一个成员！"我鼓掌欢迎，"还有同学想加入吗？"

"我也想学！"又有孩子大声说。

"老师，"油菜站起来，"我可不可以报名学那个。"他指指我带来的吉他说。

"好啊，欢迎！"

油菜的积极引起了孩子们的效仿，他们热情高涨，喧哗声从破了的窗户传出去老远。

"老师，我要学！"

"老师，我也要学！"

黑泥学手风琴，油菜学吉他，老朱学吹笛子……萝卜青菜各有所爱，大家都挑选了自己喜欢的乐器，就这样，我们的米阿小乐队拥有了第一批队员。

看吧，只需要一点儿希望，足以点燃孩子们的希望之火，借由这神奇的光芒，他们将要看到一个瑰丽奇妙的世界。现在，他们正朝那个世界出发。

"同学们，现在请大声地跟着我说：音乐让我们走到一起！当我们高兴时，有音乐；当我们忧伤时，有音乐。让我们尽己所能，把生活变得更美好！让我们用美丽的音符，奏响生命的

欢歌!"我激昂地说。

这是加入乐队的誓词。

"音乐让我们走到一起!当我们高兴时,有音乐;当我们忧伤时,有音乐……"

从此,辅导班成了孩子们梦想开始的地方。每个周末,孩子们都早早来到辅导班,当第一抹阳光出现,墙头上那只公鸡高声啼叫时,我们就开始了学习和训练。

"五声音阶是中国人发明的,七声音阶是外国人发明的,那么五声音阶和七声音阶相比,少了哪两个音?"

我从最基础的音符、音阶教起,不厌其烦地教,孩子们则像缺水的植物吸水一样,把我说的每一个字都听了进去。为了练好基本功,孩子们可谓煞费苦心,在地里干活时,在上厕所的空当,在自习课,在课间操后,大家都在练习看五线谱。一开始,一首简单的曲子,大家像看天书一样,只见满眼的蝌蚪,慢慢地,孩子们会看谱了,成就感大增,对音乐兴趣更浓了。

每堂辅导课下来,我都累得筋疲力尽。下课后,孩子们像风中的蒲公英一样跑过草地,跑向远方,说话和嬉笑的声音渐行渐远。我慢慢在床上坐下来,朝后一仰,倒在床上。真想躺上几天几夜啊!

在青草覆盖的山坡上

现在，我越来越喜欢山坡上这幢房子了。

绿草如茵的山坡上鲜花盛开，墙壁上攀爬的喇叭花散发出香甜的味道，弥漫在空气中。房子前面有一棵垂杨柳，粗壮得几个人才抱得过来。由于没有院墙，从开着的窗子能望到很远的地方，牤牛河在远处闪闪发光。

在我到达米阿之前，房东，也就是小锁的爸爸尽可能地清理了自己的房子，墙壁刷上了白石灰，我进屋时还可以闻到房间里的灰尘和没干透的石灰混在一起的味道。热情的女主人还为我挂上了她结婚时都没舍得用的新门帘，颜色红得简直可以拿到西班牙去斗牛。床由砖头和几块木板搭建而成，一把凳子，一个蠢笨的衣柜，一个脸盆架，一个盛满水的桶，虽然简陋，但对于山里人家来说已经很齐全了。

小锁的爸爸为人非常热情，时不时开怀大笑，在生活中不管有什么难处，只要我说一声，他马上会帮忙解决。他告诉我

在哪里取水，在哪里摘水果，哪里的野果子可以滋补身体。当他把我领到房后偏僻处，指着一排稀疏的玉米秸围成的半圆，告诉我这就是厕所时，我被雷倒了。那只是地上挖的一个坑，而且是和房东家共用的，你往下看的时候可以看到别人的粪便躺在那里。它给我带来的影响是，在以后的许多年，我经常梦见着急上厕所，但是粪坑边都是屎尿，根本没法下脚，或者附近有许多人，残破的篱笆根本不能遮住我。好在房东理解我的尴尬，又在房后新挖了一个坑，用密实的高粱秸秆夹起一道篱笆，表明此坑为我专用。

最恐怖的是淘大粪的日子。大粪之臭，简直能把人熏得闭过气去，我相信要是空中有鸟飞过，也会被熏死的。令我吃惊的是，房东就站在粪坑中央挥动铁锹，连个口罩都不戴，好像非常习惯那气味似的，有一次还叫我给他拿杯水喝，我憋着一口气给他送过去。那气味一直在我的鼻间萦绕了许多天，搞得我一点儿食欲都没有，放学后都不想回家。

头一周我吃住都在房东家。米阿人虽然穷，但是非常好客，差不多把所有家里的好东西全拿出来招待我。豆角炖土豆、小米饭、小葱蘸酱、煮鸡蛋、腌咸菜什么的，弄了满满一桌。我经常会吃到米饭里的沙子。山里风沙大，米里经常有沙子。咬到沙子那一刻，我停止了咀嚼，硬是咽了下去。我要让我的胃适应这里的一切食物。"城里来的女孩子都娇气，在这儿可待不了。"米阿人这样说。我偏要给他们看看，就算吃进再多的沙子我也能忍受。虽然饭后多次漱口，但细小的沙子仍留在牙缝里，令我不敢错动牙齿。没过多久，我食欲大增，山里的饭菜虽然没油水，但真的很香。

山里人睡的是土炕，虽然房东女主人为我多铺了一床褥子，但还是硬邦邦地硌身子。窗子大开着，冷空气从窗外直扑进来，不盖被子会很冷。我笑话自己简直就是个豌豆公主。

夜里，群山寂静，从敞开的窗子里传来小动物们的声音，羊羔咩咩叫，马儿用蹄子刨地，打着响鼻，挽具哗哗作响。这些声响将我包围，奇异地让人舒心。渐渐地，我睡着了。一夜无梦。

一早，有人在压水，洋井吱呀作响，扫帚在扫地，发出均匀的唰唰唰的声音，马抖动身子碰撞挽具。女人在呼喝，狗儿在吠叫，远方传来咩咩的羊叫和牧羊人清脆的鞭响。在各种各样的声音中，我起床，梳头洗漱，一边端着杯子刷牙，一边望着黛色的远山。直到此刻，我还有点儿不真实的感觉：我真的是在这里吗？真的是在远离家乡的没人知道的小山村里吗？

白天，山谷里生机盎然，鸟叫虫鸣不绝于耳，鸡鸣犬吠此起彼伏。我和房东一家嗑瓜子，喝茶，聊天，听森林里动听的鸟鸣。那一刻，真的好舒适。

傍晚，我们坐在门前欣赏整个山谷。猫头鹰从树上飞起，

扑扇着翅膀向夜空飞去。米阿的月亮、星星都大得出奇，也低得出奇，仿佛一伸手就能够到似的。月光下，原野铺展开去，河对岸的森林在月光下呈现出一种神秘的迷雾般的蓝。

几天后，我搬到了山坡上的房子里。我终究是要独住的，这样才会赢得米阿人的尊敬。我把这当成了开展教学计划的第一步。

从那以后，生炉子、烧水、做饭，这些我之前从来没做过的事成了每天的"必修课"，每当看到我从冒烟咕咚的房子里跑出来，被熏得眼泪吧嚓的样子，房东一家都会忍不住大笑。他们想来帮忙，都被我拒绝了。

我在城市的时候，从来没有一个人独住过，如今自己住在一幢空荡荡的房子里，虽然房东离我很近，我仍然很害怕。比如雷雨之夜，周围的一切都变得陌生起来，看上去危机四伏。

妈妈说，每当她挂念我时，就会开始一场可怕的联想：我在山里的路上摔了个跟头，掉进了滔滔的河水中，或者在夜里遇到了狼……总之没一件好事。她常常在夜半时被吓得睡意全无，恨不能马上拨电话确定我的平安。

我在夜里也常常想念妈妈，尤其是感到恐惧时。

我刚一个人住的时候，发现屋子中央有个大概两米高、用油布包着的东西，后来才知道那是房东给自己的老岳母准备的寿材，没过几天，棺材就被挪走了，但我总觉得它还在那里。

有一天，我在夜里醒来，好像听到外屋传来异响，似乎是棺材盖开了。我不敢朝那个方向看，甚至不敢看新门帘，那鲜红的颜色就像鲜血。我蒙上被子，不出一分钟，全身就像蒸了桑拿一样湿透了。

我想开灯。灯绳就在床头，然而伸出手去拉灯绳这个简单的动作却几乎耗尽了我全部的气力。灯一亮，外面的飞蛾受到灯光的诱惑从窗缝钻进来，扑到灯上，给天花板投下黑影，它们绕着灯泡飞着，翅膀扇动发出轻微的摩擦声。它们是唯一陪伴我的生灵。

突然间，刚拉开的灯灭掉了，整座房子重新被黑暗笼罩。我静悄悄地躺在那儿一动不动，听着自己的心跳。这一段时间似乎成了永恒。

不能再这样下去，我告诉自己，要勇敢起来。一定要勇敢起来！

我深深地吸了口气，尽力镇定下来，朝外屋看去。

外屋墙上有个保险盒，我需要去检查一下。

终于，我下了床，找到手电筒和螺丝刀，壮着胆子朝外屋走去。我先朝原来放棺材的地方扫视了一下，那里空空的，棺材确实不在。我告诉自己，没必要害怕，然后将手电筒照向保险盒。破烂的保险盒看上去像一双镶嵌在墙上的邪恶的眼睛一般盯着我，我拿着螺丝刀朝保险盒靠近。一只虫子静静地趴在

保险盒附近，手电筒的光照在它身上，把它的身影放大后显得穷凶极恶。

"嘘！"我嘴里发出声音妄图来驱赶它。它纹丝不动。我又用手电筒在墙上敲打，它受到打扰，终于慢慢地爬走了。

我踩着凳子上去查看。保险盒锈迹斑斑，上面积着厚厚的一层灰，里面导线管剥落，露出磨破的电线，我敢打赌，那几根保险丝从建造房子起就没人换过。

突然间，身后有个声音传来，吓得我浑身一抖，从凳子上掉下来。我爬起来，把螺丝刀举在前面，朝黑暗中喝问："谁?!"

"你看不到我吗？"那个神出鬼没的声音又出现了，这次是在右边。我又把"武器"移向右边做防御状。这是我的一个秘密，我是个近视眼，又不喜欢戴眼镜。

"老师，是我呀。"

"小锁?!"当我看清眼前人，仿佛见到了救命恩人。

小锁说他经常观察我住处的情况。这个晚上我关灯关得太早了，他担心有什么异常，就过来看看。

看到这种状况后，他二话不说，赶快跑回家拿来新的保险丝，把锈掉的保险丝换了下来，动作很是熟练。我几乎有点崇拜他："你还会这个?!"

"喊！"小锁笑道，表情像是在说，这有什么啊？

次日早晨，我跟房东夸奖他的儿子，房东高兴得合不拢嘴，顺势开始表扬起儿子来。

"我这小子是米阿有名的修理能手，没人比得了。他手快得很，放屁的工夫他就能给你修好，师傅啥的都差远了。"

和房东的热情夸奖相比，小锁一副满不在意的样子，好像谈论的人和他无关似的。后来我发现，这位爸爸炫耀儿子的功夫登峰造极，小锁根本用不着炒作自己。

绰号的来历

辅导班里的每个孩子都有绰号，有几个孩子给我的印象很深，我挨个儿说说他们。

油菜和爷爷奶奶一起生活，他已经三年没见过父母了。他的父母带着弟弟在广东打工，一年前弟弟遇到车祸，父母打工挣的钱大部分投入到给弟弟治病和跟肇事者打官司上了。三年来，油菜的爸爸每个学期汇给他二百元钱，作为他的生活费和零花钱，爸爸每次都对他说："爸对不起你，你要照顾好自

己。"油菜并不生父母的气，只是感觉非常孤独。

由于长期没有父母的关爱，油菜缺少管教，逃学迟到是家常便饭。整个夏天，他都泡在牤牛河中，在被太阳晒得暖乎乎的沙土上打滚，在树荫下睡觉。他的书包从不整理，书不像书，本子不像本子。别的孩子名字后面都是一排排的小红花，他的名字后面永远只有零蛋。

油菜喜欢打弹弓，经常带着弹弓出去玩，有时候，他刚刚还在跟家人说话，紧接着，整个人连同弹弓就都不见了。路上若碰到什么目标，他就射上一弹。有时候是一座蚁丘，有时候是一株鼠尾草，有时候是一根蒲棒，有时候可能就是空气。

油菜的身上有一些伤疤。就像有人秀自己的肌肉一样，油菜喜欢秀身上的伤疤，那是他的本钱。其中有条最严重的伤疤在腿上，是他十岁那年从树上跌下来被树枝刺穿后留下的。

不高兴的时候，他会对别人说："别惹我，不然我就让你看我的腿，专等你吃饭的时候让你看。"或者说："你要是把这个东西送给我，我就让你看看我的腿。"

如果你想跟他做玩伴，一定要有资格才行。他会理直气壮地问你："你被刺伤过吗？"

"没有，不过有次差点儿被一辆车给撞了。"

"差点儿被撞了——"他掂量了一下，"又没撞上你！"

对方只好不吭声了。

传说，油菜最敬畏一个叫"独眼龙"的少年，原因尚不清楚。

油菜的妈妈生油菜的那天很可怜，只有她自己孤孤单单地躺在炕上，痛得厉害，哭喊得嗓子都哑了。周围一个人也没有，邻居都上山干活去了，没有人来帮她擦擦脸、给她喂口水，更没人为她找医生。她在炕上躺了一天没吃东西，还好地下有几把油菜，她就扯菜叶来吃。油菜的名字就是这么来的。后来，油菜终于出生了，油菜的妈妈自己用菜刀切断了脐带。等油菜的爸爸听说后从外地赶回来，他已经有了一个儿子了。对此，油菜的妈妈没有半点儿抱怨，因为生活就是这个样子。

老朱

老朱叫朱吉来，人们叫他老朱是因为他从小就有少白头。这个绰号一直跟着他，就像标签一样。

在学校里，老朱的名字经常被同学取笑，从"老朱"很自然就衍生出许多名号：猪八戒、猪悟能、猪鼻子……他的绰号多得不得了。姓名玩腻了，孩子们开始人身攻击："你叫老朱，你爸爸叫什么？""你们家到底谁管谁叫爸？"孩子们拿他寻开心，讽刺他，嘲弄他，凭空捏造来作践他。在他们单调枯燥的生活里，这就算他们的娱乐了。

老朱家住在远离米阿的地方。我不明白老朱家为什么要住在那么荒凉的地方，方圆几里只有他们一家。每年到了风大的春天，风直接从山那边刮来，无遮无挡，对着他们家的房子只管吹啊吹。放学后，你可以看到旷野上老朱那渺小的身影，斜着身子，举步维艰。旷野上有一副动物的骸骨，两只弯角在天空下形成美丽的剪影，风沙就从骸骨的孔洞里穿过去。

风沙对老朱而言已经成了生活的一部分，就像阳光与空气一样，他在风沙中行走、呼吸。细小的沙子无处不在，钻进老朱一家人的头发、嘴巴、鼻孔，钻入他们的衣服。铺盖里有沙，饭菜里有沙，喝水用的缸子底上也有半月形的沙土沉积着。

有次我去老朱家家访时，老朱的家人正在做晚饭，烟从房顶上一个破烟囱里冒出来，飘向空旷的荒野。老朱刚打了一捆干柴放在院子里，那柴捆比他的个头儿还要大。听到我喊他的名字，他忙跑出来。院子里一只被拴住的狗跳跃着狂叫，脖子上的绳索扯得紧紧的，看上去马上要被挣断似的。我心惊胆战地躲到了一边。老朱告诉我别怕，只管放心大胆地走就是了。

老朱的妈妈满脸脏污，头发纠结，衣服破烂，见人就笑，两眼不能聚焦，一只看向东，一只看向西。她几乎不和人沟通，山里人说她有点儿傻。

老朱的爸爸不会说话，只管朝我笑着，两排板牙如同泛黄的栅栏。他瘦骨嶙峋，穿着破得不成样子的衣服，让人看了心酸。

平时，老朱爸爸除了种地也给人打零工。因为没上过学，所以有点儿不识数。一次，他受雇给人拉砖，只顾闷着头一车一车地拉，村民很好奇，就问他，你不认识字，也不会记数，靠啥记住拉几车？朱爸爸从车上的袋子里摸出一个大萝卜，萝卜上插满了铁钉子："拉一车，插一个钉子。"

我的到来让老朱爸爸感到困窘和拘束，他没有别的方式表达对我的敬重，只是不停地给我敬烟，划着火柴哆嗦着要为我点燃。他拿烟的姿势就像拿粉笔一样，直挺挺的，透着老实和笨拙。

"我不会抽烟，谢谢叔叔。"我推开他的手，一不小心，烟掉在地上，当他弯腰去捡时，一盒火柴又稀里哗啦撒了一地。

老朱一家人最大的乐趣是那台很小很旧的电视机，虽然只能收到几个频道，而且屏幕上布满雪花点，声音也嘶嘶啦啦，但是一家人看得很投入。其余时间，他们默默地吃饭，默默地干活。家人彼此间也很少说话，我从来没见过那么无趣的一家人。不过我倒是非常喜欢老朱五岁的小妹妹，她臂弯里整天夹着个破布娃娃跑来跑去的，非常可爱。她是这个家里唯一的开

心果。

她最喜欢偷偷地从后面扑到哥哥背上去。哥哥放学回家，她就藏着，偷偷地观察哥哥，如果哥哥恰好猫了一下腰，或者蹲在地上，她就立刻扑向哥哥的脖子。她总是想办法把哥哥扑倒，有时老朱会假装系鞋带，制造机会让妹妹扑。当妹妹真的扑上来时，他就和她一起倒地。

我把这个小可爱抱在怀里，她朝我微笑，把娃娃举起来给我看，我立刻夸奖了她的娃娃。小女孩儿满意地笑了，把一只手指放入口中津津有味地吮吸起来。

我请老朱陪我散散步，老朱痛快地答应了，顺便牵上家里的马，我们在旷野里走着。我抚摸着马背，它用鼻子触一触我的肋骨作为回应，几乎把我掀了个趔趄。我咯咯地笑起来，老朱也露出难得一见的笑容。

"好，我们就在这里坐一坐吧。"我指着一片山坡说。

他点点头，往马头上挂个草料袋，把缰绳绑在一块石头上，用力地擤了一把鼻涕，又把手在屁股上擦了擦，然后在山坡上坐下来。

我们望向远处起伏的山峦和山坡上散落着的村舍及山谷里孤单的行走者。微风轻吹，野鸟唧啾，昆虫爬行，马安静地吃草，油亮的毛皮偶尔抖动一下。一种宁静涌入心田。

"老朱，你将来想干什么？"听到我问到这个，老朱表情茫然。

这种表情和目光在米阿的孩子脸上经常能看到。米阿的孩子整天围着家转，望着远山，望着时间，雷打不动地守着小小的家园，不知道自己长大后要干什么，也不知道未来是什么，更不知道如何改变这种命运。他们就这样迷茫地长大，然后和自己的父辈一样继续生活下去。他们从没觉得这样有什么不好，反而认为生活就该是这个样子。孩子们本该心存渴望与幻想的，可是贫瘠的生活留给他们的只有无奈，于是他们摒弃了幻想，习惯了贫困，习惯了苍白，习惯了孤独……

那天，我和老朱聊天，虽然他只是唔唔地应着，很少说话，但我感觉很满足。我们是那么的放松，那么的平静，就像远方那条自由流淌的牤牛河。

抱来的孩子节子

节子是抱来的孩子，这在山里早已不是秘密。节子就是"拾子"的谐音。虽然不是亲生的，但父母很爱他，只是父母都

没有时间陪他，两人在修路队里打工，负责铺沥青，一年半载才能回一次家，所以节子一直由姥姥照顾。

节子是个非常安静的孩子，他几乎不说话，也没有可以玩的小伙伴。每到课间休息就会跑到教室外面，找一个没人的角落独自待着，两只手在墙上比画出各种各样的影子。上课的时候，他时常会溜号，有时低头看手，有时看窗子外面飞过的麻雀。你不知道他脑子里在想些什么。

节子非常胆小，干什么都畏首畏尾的，上课时大小便都不敢举手，所以他常常尿裤子。

一天，见他课后一个人坐在树下，我就走到他身边坐下来。他抬头望着我，乱糟糟的头发下的一双眼睛充满恐慌。我问他上课时为什么不举手，是不是很害怕发言？他显得不知所措，不知该怎么回答，一只脚指头往下钻弄着青草。此刻，他是那么的瘦小。一股怜爱之情顿时涌上我的心头。

放学后，我去节子家家访。发现节子家的房子很古老，窗户是木头的，又小又深，简直跟古装剧中的窗子一样。一把破凳子支掩着门，以便通风。刚进屋，我就在凹凸不平的屋地上绊了一跤。听到脚步声，有只老鼠逃窜而去。

一个慈祥的小老太太端坐在炕头，笑眯眯地看着我，嘴唇往里抿着，下巴朝上兜着，眼睛就像两粒黑色的种子。她是节子的姥姥。

那天，我和老人家手拉着手拉家常，节子在一边陪着。这时，我听到从遥远的地方传来几声隐约的嚎叫，很是怪异凄凉，不像是狗叫。

"节子，这是什么东西在叫？"

"是狼。"节子答道。

我吓了一跳："狼?!"

他点点头。

"那你每天上学不是很危险吗?!"

"狼都在远处的山谷，不敢到村子里来。"节子说。

"可是万一遇到狼呢？"

节子笑了，也没解释。

直到听见有母亲叫孩子回家吃饭的呼唤声，我才突然回过神儿来。时间太晚了，明天一早还有课，我拒绝了老人家和节子的热情挽留，飞快地往家赶。

刚走的时候，山那边的夕阳还剩一点儿，犹如快要合上的眼睛，我虽然加快了脚步，但是速度仍然赶不上它，还没走到一半，天就已经黑下来了。不久，黑暗就把天地连成了一片。

我害怕起来。长这么大，我还从来没有单独走过夜路，而且还是荒郊野外、陌生之地的野狼沟，两旁全是陡峭的山谷，狼叫隐隐。现在是黑夜，又只有我一人，连一根防身的棍子也没有！

我深一脚、浅一脚地走着，听着自己的呼吸声、心跳声和石子在脚下的摩擦滚动声。一有异常声响，不论是路旁灌木丛里的骚动，或是飞出树梢的鸟儿的展翅声，我就心惊胆战，总觉得好像有东西跟着我，令我不由得汗毛直竖，加快了脚步。突然，身后传来噼里啪啦的石子滚动声，果然有东西跟着！

尽管双腿发软，我还是拼命地跑了起来。

"老师，你别跑，我都追不上你了！"有声音在呼唤。

我停下脚步："节子?!"

"老师，我本想去找个手电筒来送你，一回头你就不见了……"

节子跑到我跟前，我能真切地感受得到他身体的温度和充满生命力的呼吸。那一刻，我仿佛见到了最亲的亲人。我一把抱住节子放声大哭。

现在想起走夜路的事，我还是免不了内疚。节子胆子那么小，但为了送我，他勇敢地走了夜路，而且送我到家后，又一个人回去了！我不敢想象他那脆弱的心灵经历了什么样的考验。自那以后，我对他有了一种与众不同的亲密感。也是从那之后，我突然觉得自己又坚强了许多。

大家的珍宝

几天后，一个中年男人来到辅导班，节子一看见他，就钻到那男人的怀里："爸！"他亲热地叫道。男人拍拍他的头："小歌唱家，学咋样了？"

节子羞涩地笑了。

节子的爸爸是特意从工地赶回家的，他把我叫到一个没人的地方，跟我谈起了节子：

"节子是我们拾回来的孩子。我们拾到他的那天，掀开被子一看，这孩子白白净净的，要鼻子有鼻子，要眼睛有眼睛，从头到脚，一应俱全，可把我们高兴坏了。那天是我们全家一生中最幸福的一天。"

"可是忽然有一天，节子生病了，我们带他去医院检查，医生告诉我们，节子一出生心脏上就有一个小洞，肯定活不过十二岁。"

听到这个真相，我的心揪成了一团，想到那天晚上他壮着

胆子送我那一幕，我更加内疚和心疼！

"这孩子就是我们的命根子，要是他有个三长两短，我们……"节子的爸爸扭过头去，不让我看到他的眼泪。

我本想安慰他，自己却掉下泪来。

从那以后，为了避免节子出意外，家人一直限制节子运动，从来不让他做剧烈的活动，甚至不许他交朋友，怕他出去乱跑，从而引发病症。这让节子很是孤独，并且形成了懦弱的性格。他们也不想这样，但这样的好处就是，节子能一直平安地活到现在。如今节子想学唱歌，孩子们扯着嗓子又吼又叫的，乐器的声音也吵，节子爸爸担心会吓到节子，怕他的心脏承受不住。

我对节子爸爸说，我理解你的感受，可是这孩子总算有了自己喜欢的事情，你就让他去做吧。我还向他做了承诺：我会想办法照顾节子的！

此后，我更加关照节子，经常给他单独授课，以防顽皮打闹的孩子靠近他。我号召大家一起保护节子。孩子们很听话，都愿意照顾他。大家的目光总是跟随着节子，一旦发现有不该做的事情，比如说搬很重的桌椅什么的，马上就会有人拦住他，替他去做。这种保护延伸到了校园里，如果有不知情的孩子跟节子嬉闹，准会有人吼他："你别碰他！"

"为什么不让碰？"

"告诉你别碰，你就别碰！"

"咋，他是纸糊的吗?!"那人拿手指捅了捅节子的胸口，这个动作被大家视为挑衅，于是一拥而上，揍了那个孩子一顿。

得到大家特殊照顾的节子并不开心，反而显得闷闷不乐。有一天，大家都有说有笑地干活，只有他一个人坐在门外抠着墙皮。

"节子，为什么一个人在这儿？怎么了?"我问。

"他们不让我干活，也不让我进屋。"他闷闷不乐。

我去询问情况，孩子们向我解释说，扫地会有很大的灰尘，对他的健康不利。虽然这样，但节子还是不开心。我意识到这样过度地保护他也许并不好，会让节子觉得自己很没用。于是，我试着叫他帮忙干点儿轻巧的活，比如填成绩单，画红心和花朵，擦黑板，抄乐谱……果然，节子很开心，做得非常积极，也渐渐有了活力，脸上又有了红润的光彩。

小蚊子

- - - - - - - - - - -

马红叶的绰号叫小蚊子，他是个非常胆小的孩子，由于说

话声音小得几乎听不见，经常被人训斥："大声点儿，瞧你说话声像蚊子哼哼似的！"于是，他就有了这个绰号。

每天早晨，小蚊子总是悄无声息地来，放学后悄无声息地离开。上课的时候，他静静地坐在角落里，从不回答问题，也不和同学聊天，以至于人们经常忘记班里还有这么个人，因为他看起来和空气没什么两样。

可是这天，他一改往日的懦弱，主动来找我说话了。

下课的钟声一敲响，各个教室的门第一时间被打开，学生们叫喊着冲出去，跑向操场。操场上立刻充满了笑声和叫声。小蚊子没有走，他小心翼翼、磨磨蹭蹭的，像是在接近悬崖边缘那样，一点儿一点儿朝我靠近。

"老师。"小蚊子费了很大劲儿才开口，声音细若蚊蝇叫。

"你有事吗？"我和颜悦色地抚摸着小蚊子的头。他的头发颜色淡淡的，像玉米缨那么细软。

"马红树也想参加乐队，行吗？"

"马红树是谁？"

"是我哥哥。"

"他自己为什么不来说？"

"妈妈不让他上学了。"

"哦，原来他辍学了。"

"他让我问问，辍学的孩子能不能参加乐队？他可喜欢唱歌了。"

"好啊，让他来吧。"我爽快地说，"对于喜欢唱歌的孩子，只要他能唱，我就收！"

小蚊子瞬间展开了笑容。但这笑容只维持了几秒钟，他又变得心事重重。

"还有什么事吗？"我问。

小蚊子垂下头："可是，我妈妈不同意他来。老师，你能去劝劝她吗？"

我一口答应下来。当天晚上，我让小蚊子领我去他家看看。小锁又自告奋勇地当向导。一路上，这个机灵的孩子轻车熟路地走在前面，双手抓住山路两边的树木，爬坡的速度快得如同猩猩。我试图跟上他灵巧的脚步，结果不是被树根绊到，就是滑坐在苔藓上，引得小锁一次次跑回来扶我。

米阿的人都像是隐居者，居住的地方都很隐蔽。如果没有小锁这个小向导，我只能在树上做些记号才能找到回来的路。另外，在米阿居住，你一定要有一双顺脚的、舒服的鞋子。回去一定要告诉妈妈，让她多给我寄几双舒服的平底鞋来。

一路上，小锁如数家珍，向我介绍米阿每个好玩的地方，每个适合攀爬的地点，每只鸟的巢穴，每个隐秘的躲藏地，每个可以跳越的壕沟，每个生长着野果的地方。我跟着他来回上下几个坡，虽然不陡，但我的气儿都快喘不上来了。一呼一吸间，各种气味充满了鼻孔：蘑菇的气味，腐烂树叶的气味，老

鼠的气味，羽毛的气味……

青蛙在河边歌唱，看见我们就扑通一声跃入河中。稍后又出现了一只五彩斑斓的蝴蝶。一只受惊的野鸡几乎是擦着我的头皮飞过去的。当我登上眼前的小山坡时，一只野兔坦然地坐在那里皱着鼻子。我惊呼起来，兔子这才慢腾腾地跑开。

刚想举步踏上一片山坡，小锁拦住了我，说那儿蜗牛特别多，不小心会踩死它们，我们只好绕着走。走着走着，小锁突然指着坡下的小村庄说："看，那个村子就是了。"

太好了，我消失的力量又生长出来。

接着，我们在地头上排成一行，两边是高粱和玉米地，这样又走了好久，渐渐地，前面的路变得宽阔了。小锁拉住我的手向右一个急转弯，眼前豁然开朗。前面就是马红树的家了。

在马红树家，我意外地了解到，原来小蚊子是个女孩儿！由于从不穿花衣服，头发又剪得像男生的刺猬头，很长时间我硬是没发现。

我不由得想起刚才那段遥远难行的路，这样一个柔弱的小女孩儿，每天要克服多少困难才能来上学呢？

小蚊子告诉我，米阿的大部分孩子书包里都有一支手电筒，因为路远，上学时天还没亮，放学时天已经黑了，打着手电筒照亮，可以防止跌倒。

"刚开始要一个多小时才到学校，现在习惯了，就快多了，

三四十分钟就到了。"小蚊子说。

"下雨怎么办?"

"又湿又滑的,有时候摔倒,坐在山路上,周围一个人都没有,等到不疼了,慢慢地爬起来,继续走……"

我心疼地握住她的小手。

当我劝说他们的妈妈,请求她同意让马红树来学唱歌时,这位妈妈把头摇得像拨浪鼓,她压低声音吃力地对我说:"不是我不同意——他有点儿……毛病。"听她的口气,仿佛这种毛病是绝症似的。

我让她把马红树叫出来见个面。于是她打开窗户,朝着田野呼喊,大约五分钟之后,马红树无声无息地出现了。

这个据说是油菜最怕的人,此时却低着头,恨不得在众人的眼光里消失一样。当他抬起头来时,我发现,他只有一只眼睛。

独眼龙和小蚊子

"老师，他不能参加乐队！"

学生们闻听马红树也要参加乐队时，都惊叫起来。

"为什么？"

"他是个独眼龙！"

"我们唱歌需要用眼睛来唱吗？"我问。

"不需要。"他们的声音弱了下去。

"那为什么不让他参加呢？"

瞧，这个问题很快就解决了。

马红树听到他被收下的消息，整张脸都亮了起来，带着伤疤的独眼也熠熠生辉。他说，他早就感到有种新生的气息在头顶的什么地方转悠，他就等着，就像小鸡等待破壳而出，而我就像一道阳光照进了他的生活。

从那之后，他一有时间就来辅导班学习，没事的时候就帮我生炉子、劈柴、挑水，别看他只有一只眼睛，但做什么都不

碍事，干起活来有模有样。我很高兴能有他这样一个好帮手。

"现在，我们有了一个男主唱，还需要个女主唱。"

我环视教室一周，无人应答。我耐心地等待着。终于，有个男生举起了手。

"小锁，你想当女主唱？"我问。

班里哄堂大笑。

"不是，老师，我又不是女的。"

"那你举手干什么？"

"我知道谁会唱歌！"他指着小蚊子，像举报一样说，"她！老师，她会！"

被人一指，小蚊子立刻惊慌失措，像是被抓了现行的罪犯。

孩子们纷纷质疑：

"可她是小蚊子啊！"

"我们从来都没听过她唱歌！"

"她说话都像蚊子哼！"

小蚊子一副无地自容的样子，把头埋得低低的，鼻子尖差不多快要触到桌子了。

"我听过她唱歌，唱得可好呢！"小锁坚持自己的看法。

"马红叶，唱一个吧。"我请求道。

小蚊子的身体颤抖着，像一枝春花在寒风中摇曳。她声音细小地说了句什么，没人听清。

"她只有自己一个人的时候才唱，一有人，她就蔫儿了。"小锁说。

果然，我劝说小蚊子唱歌费尽了口舌，她始终扭扭捏捏，如果再逼她，她似乎马上就会哭起来似的。我只好暂时放弃。

一天，辅导班下课休息，孩子们都在屋外草坡上玩。我的手机里播放着一首歌曲《虫儿飞》，小蚊子不知不觉地凑到桌子跟前，认真听着。

"这首歌好听吗？"我问。

她点点头。

当歌曲播放到高潮部分时，我听到她下意识地清了清嗓子，这一微小的状况立刻被我抓住。"要不要来试一下？这首歌很好学的。"

"像她这样唱就行吗？"

"是啊。"我心里很是激动，但口气尽力装得很淡然。我把歌曲调回到开头，然后假装不在意她，去干活了。她左顾右盼，发现没有人注意她，就小声哼唱起来。

我支棱着耳朵听着，可惜声音太小了。

"孩子们，来给老师帮个忙。"我找个借口把孩子们带到远一点儿的地方，只留小蚊子一个人在那儿，然后我悄悄返回。

小蚊子的声音大了许多。当听到清新的、洋溢着浪漫哀婉的歌声时，我惊呆了。毫不夸张地说，她比原版唱得还要好。

当她唱完整首歌曲时，我跑过去抱住她："孩子，你唱得这么好，老师现在才知道……"

小蚊子的眼泪夺眶而出。

"你从前为什么不愿意唱？告诉老师，为什么？"

"我妈……"她抽泣着说，"我妈老是笑话我，说我唱得像哀乐，像半夜坟地里的鬼叫，太吓人……我就不唱了。"

"不，红叶，你唱得很动人，老师不骗你。如果多多练习，找到适合你的歌曲，你一定会成为出色的小歌手！相信老师，你一定行的！"我摇晃着她的肩膀说。

"老师，我相信你！"

小蚊子乖巧地扑到我的怀里，我们相拥着哭泣了好久。突然，她伸头亲了一下我的脸，动作很轻很快，就像蝴蝶落了一下又飞走似的，不等我反应过来，她已经跑远了。

老朱的午餐

在辅导班里，午饭时间是孩子们最爱的时光。

"回家吃饭的同学请举手。"我说。有一半的学生举了手。"好。带了午饭的同学把饭盒拿出来吧。"

于是，饭盒不知从什么地方一个接一个地冒出来，饭盒盖把阳光反射到棚顶上，光点不停地跳动。

"回家吃饭的同学现在下课，带饭的同学现在开始吃饭吧。"

屋子里立刻响起一片乒乓声，回家的孩子冲向屋外，带饭的孩子打开饭盒吃了起来。

尽管我一再嘱咐要细嚼慢咽，但孩子们个个狼吞虎咽，仿佛从未吃过东西似的。

"慢着吃咋吃？我不会。"油菜说。

"我会！"一个女孩子说，并当场做了表演，"就像这样，一小口一小口的，一口至少嚼五次。"

"喊，那饭早凉了！"油菜不屑地说，"夏天还行，冬天一眨眼就凉。"

其他孩子只管闷着头吃，一言不发。

小锁吃饭呼噜呼噜响，油菜吃饭咂巴咂巴响，黑泥吃饭时腮帮子鼓得像仓鼠，马红树吃饭时发出的声音像牛嚼料一般，吭哧吭哧的。油菜吃着吃着，还会把勺子伸过去，在别人的饭盒里挖上一勺子。所以一到吃饭时间，屋里准会响起某个孩子的怒斥："你干啥呀?!"

不知从何时起，坐在那里看着孩子吃饭，竟然让我的心如

此平静和温暖。

每次做饭我都会多做一些，留给一些吃不上饭的孩子，孩子们也不挑吃喝，一碗鸡蛋挂面，他们就吃得很开心了。

妈妈寄给我一箱奶粉和各种方便食品，我自己没吃，都送给孩子们了。这些来自四面八方的学生中，有不少人因为来得早，没吃早饭，饿得直哭，我就给他们冲一杯热奶粉，给他们几块饼干，或者泡一碗方便面。

在这群孩子中，我比较关注老朱。他的午餐通常非常简单。到了中午，他会把手伸进书包，拿出一块大手绢，里面包着一块粗糙的玉米饼和一块咸菜，硬得能把牙硌掉，但他却吃得津津有味。

这天中午，我发现老朱没吃东西，而是坐在那儿发呆。

"朱吉来，你的饭呢？"

"唔，唔。"他的回答含含糊糊。

"没带？"

"唔，唔。"他的回答仍然含含糊糊。

"老师，他今天没饭。"同桌的女生替他回答，"他妈疯病一犯，他就吃不到午饭了。"

我心里一酸，好像自己就是那个不做饭的妈妈。急忙给他找吃的，找了半天，只找到一个橘子，于是便送给他了。

那天，大家吃过饭后都在屋外快乐地玩耍，窗外回荡着各种各样的喊叫声，只有他坐在墙根下，双手捧着那个橘子，好像它是枚水晶球。

老朱没舍得吃橘子，而是带回家送给了妹妹。妹妹一直玩着这个橘子，到了晚上才认真地、慢慢地剥开它，使劲儿闻着橘皮的味道。

"哥，你也闻闻，可好闻了。"

老朱在橘皮上使劲儿闻了闻："嗯，好闻。你快吃吧。"

"哥，你也吃。"

"我不吃，我都在老师家吃好几个了。"

老朱说完就走出去，躲得远远的，直到闻不到那股香味。等他回来后，发现那诱人的气味还在，原来妹妹还没吃掉橘子，正用一瓣瓣橘子在窗台上摆花样。他又走出去，一直走到坡顶，在一块石头上坐下来。这次，他决定待得更久一些，直到妹妹把橘子吃完。

走向户外

- - - - - - - - - - - - - -

自从上了课外辅导班，老朱回到家，像着了魔一样，嘴里

整天嘟囔着一些古怪的声音："哆来咪……"惹得老朱爸爸直用怀疑的目光看他。不过儿子也有正常的时候，就是吃饭和睡觉这段时间。

又过了一段时间，老朱爸爸终于接受了现实，这个"哆来咪"除了让儿子有点儿魔怔外，也没什么其他坏处。又过一段时间后，他对这种古怪的声音彻底麻木了。

不久，儿子又弄回来一根管子，上面有几个孔，放在嘴边用力吹。刚开始时怎么也吹不响，儿子的脸涨得像熟透的西红柿似的。经过几天的摸索试验，儿子终于吹响了那根管子，它发出的声音很刺耳，好似驴子放屁、马打响鼻、知了鼓噪、狗儿挠门，但儿子吹得兴致勃勃。

只要儿子一吹响这闹人的东西，老朱爸爸就躲得远远的。在老朱爸爸眼里，我一定对他儿子施了什么魔法，给他喝了什么迷魂汤，才让老朱如此鬼迷心窍，非吹这个烦人的东西不可。

老朱的小妹妹不论干点儿什么自认为勇敢的事，比如跳过一根木头，都想让哥哥看看："哥，快看！哥，快看！"她不停地叫，老朱就是不搭理她，只是一味地摆弄笛子。练习完毕，老朱便把那支笛子轻轻地放起来，再用块布盖上，小心翼翼的样子，就像是在给神仙献供一样庄严。

这天，出来玩耍的老朱看见了油菜，他正坐在一截树桩上，老朱问他在干什么。

"家人把我赶出来了，说我弹吉他的声音太烦人。"油菜说。

"我爸倒是不烦。"老朱说。

"真羡慕你。"

在黑泥家，黑泥的父母正在吵架，黑泥在一边时不时唱上两嗓子，权当给剧情配乐。父母发火了，黑泥也被赶了出来。

三个孩子碰到一起，并排坐着，望向远山。

"我们找个没人的地方一起练怎么样？"油菜提议。

这个想法得到了一致同意。大家研究了一下，决定去马红树家，因为他家最宽绰，大人又不在家。一连几天，大家都聚在马红树家，又是玩，又是唱，好不开心。

这天，马红树的爸爸从外地回家，隔着院子听到阵阵怪声从窗户里传来，鬼哭狼嚎，不似人声。他大为诧异，这是怎么了？他把门猛地推开，瞬间便被嘈杂的声音吞没了。几个小家伙正脸对脸地大喊大叫，他们把这称之为"唱歌"，还把家里的锅盖、盆子都拿出来，当成鼓一通乱敲。大家敲得非常开心，油菜在敲的同时放了个响亮的屁，美其名曰伴奏，大家笑得更开心了，黑泥笑得都坐在地上了，油菜就朝他丢鼓槌——也就是筷子，黑泥马上回敬他一根，接着就爆发了筷子大战，所有的孩子都扔起了筷子，厨房里的一笼筷子很快便消失了。这一切都在马红树的爸爸闯入时戛然而止。

于是，孩子们都被赶了出来。

听说了这件事，我心中萌生了一个想法，孩子们在家里练不合适，而且长期在室内训练会产生枯燥、厌烦情绪，要是把训练场地转移到山谷中，与大自然融为一体，训练的同时还能陶冶情操，那该多好啊！

我决定带孩子们走向户外！

这个想法立刻得到孩子们的热烈响应。当天，大家纷纷带上自己的乐器和曲谱，黑泥背上沉重的手风琴，走路都歪歪扭扭的，但他宁愿自己背着，其他人想碰一下都不行。当这支队伍走向大山时，开始唱起歌来：

我们的田野

美丽的田野

碧绿的河水

流过无边的稻田

无边的稻田

好像起伏的海面

……

孩子们唱着歌穿过森林，走过草地，走过大片的向日葵，经过潺潺流动的牤牛河，河面传来青蛙的叫声和鱼跳出水面的哗啦声。

我们上了山坡。野花漫山遍野地盛开着，形成一片花之海洋。山风吹着，阳光照着，孩子们在花丛中奔跑、跳跃、叫喊，声音在山谷中回荡。我们玩捉迷藏，玩老鹰捉小鸡，一起狂呼乱叫。那一刻，我仿佛也回到了天真活泼的童年时代。

玩够了，疯够了，我们开始练歌。山坡对岸是空旷的山谷，让这里的地理环境有了天然的扩音功能，乐队在这里排练效果会很理想。

"你们有时候会对着大山叫喊或者唱歌吗？"我问。

"会的！"孩子们回答。

"当你喊叫的时候，能听到对面也有人在跟你们学似的，那是什么呢？"

"回声！"

"对！接下来我们来体验回声。我先来：大山！你真美！！"

"你真美……你真美……"

"山里的孩子爱唱歌！"

"爱唱歌……爱唱歌……"

体验过后，我弹奏起了电子琴："现在，大家背挺直，面带笑容，开始——唱！"

马氏兄妹在琴声中亮开嗓子，开始了二重唱。要说的是，小蚊子开始穿上了女孩子的衣服，还留起了头发。她变得开朗了许多。伴唱的孩子们歌声洪亮，个个精神抖擞，幼稚的脸庞格外有朝气。

中午，大家集体休息，喝水吃东西，困了就睡在树下，或者一起做击鼓传花的游戏，输的人要表演节目。这样的日子又新鲜又刺激，孩子们整天盼着周末的到来。

傍晚时分，小乐队才兴高采烈地走回家去。

早上，当小乐队走过时，田野里的向日葵头是扭向东方的，现在，它们的头扭向了另外一个方向，夕阳映红了它们的脸，它们在微风中轻轻摇曳。

米阿乐队

在一个重要的日子里，我们的小乐队正式命名为"米阿乐队"，还举行了个隆重的仪式。

马红树在乐队里个头儿最高，年龄最大，思想也最成熟，他为人坦率，光明磊落，有责任心，我任命他为队长。当我不能带孩子们出去训练时，就由他负责。他的尽心尽责让我很是安心。

一到周末，孩子们都会自发地聚在一起，去户外练习。他们唱着歌一路前行。

一对夫妻正在吵架，他们鼻尖顶着鼻尖地对骂着，唾沫星子溅得对方满脸都是，眼看着就要拳脚相向了，忽然间，两个人停止了争吵，疑惑地互相看了看。

"啥动静？"

"不知道。"另一个回答，"好像是——"

他们冲到窗边——果然是乐队！整齐划一的脚步，闪闪发光的乐器，响亮的歌声，马红树迈着有力的步伐带领孩子们向前走去。

这对夫妻顿时将争吵弃之脑后。无疑，他们还会继续争吵，但就在这个瞬间，他们像是最和睦的夫妻似的肩并肩站着，看着窗外的队伍。

小乐队的名气越来越大，报名的学生也越来越多。每有新生，我都要重新开始教他们基础知识，同时还要在学校教课，感觉越来越累，仿佛随时都会晕倒似的，但我努力坚持着，这边刚教完油菜怎么拨吉他弦，转身又去教老朱吐音技巧。

"吐奏，就是舌尖轻轻地碰一下牙齿，堵住吹口的气流后马上向里缩回，离开吹口，发出轻轻的'吐'的声音。好，你来试一下。"

慢慢地，老朱学会了吹奏方法，并且能把简单的音阶串起来了。他吹得更来劲了。

黑泥在练习手风琴，我在一旁看着。他紧张得手指都不听使唤了。我告诉他必须克服紧张心理，我就是他的第一个观众。于是他继续练习，直到夕阳的光线照到他的手指上。

马红树到底是年龄大，理解力较强，学唱歌进步最快。在他身上我从不操心。让我操心的是那些不专心的学生。比如油菜，他这会儿就没练吉他，而是双手合十，闭着双眼，念念有词。

"油菜，你在干什么？"

"我正在集中意念呢。"油菜说。他说他在祈求神仙赐给他一个聪明的脑袋，这样一来，他才能表现优异，才不会令我失望。

"这管用吗？"

"我觉得管用。"他说完，一副沾沾自喜的神情。

"那还不赶紧把这能量利用起来！"我说。

油菜马上去练习了。

自进了乐队学吉他，油菜内心经常自我感觉良好，他最喜欢谈起乐队，三两句话便提到"我们米阿乐队……"，光这几个字，就能让人耳朵起茧子。他觉得别的孩子看他时似乎都带着崇敬之情，这让他十分有底气，连和比他大的孩子吵架也勇敢了。有时候，他还故意激怒别人。他虚张声势地指着人家的胸口，说："你再敢瞪我，我就打你！"

"我啥时瞪你了？"被指责的孩子莫名其妙。

"你有！放学时你瞪我了！从现在起，再也别想欺负我了！不信试试看！"

"呸，神经病！懒得理你！"那孩子说罢，掉头走开。

油菜满意了。

还有，他好久都没有炫耀身上的伤疤了。

某天夜里，油菜睡着睡着，突然一下子坐起来，眼睛直直地瞪着黑夜。

早上，我正在洗脸，忽然听见门外有咳嗽声："谁？有人吗？"

"老师，"一个怯怯的声音问，"你起来了吗？"

我没顾得上擦脸，出去开门，原来是油菜。他站在门外，抓着后脑勺，羞怯地看着我。

原来，油菜梦到有人偷走了他的吉他，他吓坏了，再也睡不着了，凌晨四点钟便从炕上爬起来，出了门，在村子的路上飞奔，一口气跑到我家门口，又不敢敲门，就在门前徘徊，巴望着我早点儿起床。

得知他已经在门外等了一个小时，我非常感动，立刻把吉他交给他："油菜，你可以把它拿回家练习，但要保证它不受损坏。能做到吗？"

"能！"油菜兴奋极了，把吉他搂在怀里，"坏了我会赔的。谢谢老师！"

油菜把吉他拿回家后，一天到晚地弹，技巧提升得很快，但是麻烦也来了。

油菜的妈妈上山前嘱咐油菜把菜园浇一遍，当她从山上回到家，发现园子还像早上一样干燥，一滴水都没有。油菜妈妈火了，四处寻找，边找边说："那把琴呢？我非把它砸碎不可！让你天天弹，啥活儿也不干！"

油菜害怕极了："别砸，别砸，我现在就干还不行吗?!"

他立刻动手压井取水，把整个园子浇了一遍，一直干到天黑下来。

老朱爸爸的秘密

老朱爸爸扛着锄头走在下山的路上。

这天天气很好，活计又干得顺，一片田地完美收工，老朱爸爸心情不错。这时，一个有节奏的鼓点忽然从某处传来，听到这鼓点声，老朱爸爸感觉身子轻飘飘的，有种莫名的愉悦，好像喝了酒似的，心血来潮，突然间随着音乐在大街上扭摆起来。他小时候曾学过扭秧歌，这么多年也没忘。

"看哪，看哪，这老家伙扭起来啦！"路过的人惊呼。小孩子开始跟在他身后跑，路人欢笑、喝彩、拍巴掌。这样一来，老朱爸爸很骄傲，扭得更欢了。

"老朱头儿，你牛啊！儿子会吹笛子，你这当爹的也不孬！"人们说。

老朱爸爸这半辈子从来没被人夸奖过，这一句让他开心极了。他扭得越发来劲。想想吧，从前他走在路上，很少有人跟他打招呼，甚至没人愿意看他一眼，现在，他终于被人看到了。

等清醒过来时，他发现自己扭到了一个厕所面前，厕所只有半截墙，里面有个女人提着裤子瞪着他。他连忙掉头走开。

老朱爸爸回到家，仍然回忆着让他欣喜的一幕，他还向妻子演示了一回："我就是这样扭的。咋样，好不好看？"妻子朝着他傻笑，他认为自己得到了夸奖，更加得意了。"人家说咱儿子有才，是随我哩！"

连带着，老朱爸爸开始对音乐有了兴趣。

他发现儿子练笛子时总是对着墙上贴的一张乐谱吹，等老朱一走，老朱爸爸就凑近了，带着某种敬意地对着那张纸左看右瞧，等儿子回来，他马上装作若无其事的样子去干活。有一次，儿子去厕所，他又凑近去观察那个又吵又闹的笛子。他发现这根管子上有一排小孔，其中一个小孔上贴了一小块透明的纸。干吗要贴纸呢？他就用指甲把它划开，想看看里面有什么东西，但是什么也没发现。儿子回来了，他赶紧躲开。

老朱拿起笛子接着吹。让他奇怪的是，这次吹出来的声音和刚才大为不同，噗啦啦直响，难听得很。他仔细观察后，发现笛膜破了。

"咦？刚刚还好好的，怎么这么一会儿就破了？爸，你动我笛子了吗？"

"没有啊。"

"这就怪了，没动它怎么破了？"老朱念叨着，又找了片笛膜贴上，于是笛声又响起来了。

这天，老朱在外面砍柴，忽然有个孩子跑来找他："老朱，老朱！"

听见有人叫，正在砍柴的老朱立刻停下动作。

那孩子跑得满头大汗，弯下腰喘个不停。

"咋啦？快说呀！"

"你……"他喘了半天才说出话，"快回家！"

老朱以为出了什么大事，拔腿就往回跑。

就在前几天，趁着老朱出去打柴，闲来无事的老朱爸爸瞧着那支小小的笛子，突然间就来了兴趣，拿起来轻轻地吹了一下——嘟！又吹了两下——嘟嘟！接着，他胡乱地吹了一气，嘟嘟嘟，吱吱吱……没想到经他这么三吹两吹，似乎真的吹出了一个调儿。"这玩意儿还真有点儿意思。"他说。儿子快回来

了，他恋恋不舍地把笛子摆回原处，像是从来都没动过似的。

此后，只要有了闲工夫，老朱爸爸就前门插后门关，像做贼一样，抄起儿子的笛子就吹，一边吹一边瞄着大门，瞧见有人来，立刻就停下，把笛子放回原处。

某天，老朱回家，发现爸爸正在四下翻找，就问："爸，你找啥呢？"

"啥也没找。"

原来，老朱把笛子放在了另一个地方，爸爸找不到了。

爸爸对音乐的兴趣越来越浓，老朱也有所发现，他很排斥："你别瞎想些没用的！老老实实地干活吧！"他朝爸爸叫道。

老朱训起爸爸来，口气好像他才是老子似的。当爸爸的也不介意，一副老实的样子连连点头。实际上，他才不听儿子的话呢。有时候，他拿上工具说了声"我上山了"，然后一路跺着脚走到大门口，他打开门再摔上，假装自己已经走出院子了，然后藏在附近，等老朱一走，他就悄然返回，潜入家中，拿起笛子又吹起来。

虽然是小心又小心的，事情还是败露了。

这天，趁儿子不在家，他又拿起笛子吹起来。吹着吹着就忘了瞭望，被来找老朱玩的孩子听到了。

老朱跑回家的时候，爸爸还在起劲地吹呢，忽然间发现有个人猫着腰进了院子，紧贴墙根蹲下，小脑袋在窗外若隐若现，老朱爸爸心里一惊，连忙把笛子放回原处，躺在炕上。

"爸，你吹笛子了?!"老朱进屋，震惊地看着笛子。

"啊?"老朱爸爸假装睡着了刚醒的样子，"咋了?"

"你吹我笛子了?!"

"没有啊……"

"撒谎。笛子还是湿的!"

"……"

被儿子发现后，老朱爸爸反而大大方方的了，干脆当着老朱的面吹。

老朱很反感，就把笛子东藏西藏的，但是老朱爸爸总能找到它，就像饿狗总能嗅到骨头一般。

老朱一直以为爸爸不喜欢音乐，是个音盲，现在来看不是的，他真不知道这事是庆幸还是倒霉。

有段时间，我发现老朱的笛艺没有长进，问他最近练了没有，老朱回答说没有，因为爸爸总跟他抢着吹。爸爸不刷牙，嘴巴好臭，弄得笛子都臭了，他一吹完苍蝇就围着笛子转，他再也不想碰它了。没办法，我只好自掏腰包又给老朱买了一支。

老朱爸爸一心想跟儿子来辅导班看看。老朱早就猜中了他的心思，这天早上穿衣服时，他开始向爸爸发难："别想跟着我!"

"我才不跟着你呢，我有不少活儿要干呢。"

"你想了！你就是想跟我一起去辅导班！"

"我没想！"

"你就是想了！"

别看老朱在外面笨嘴拙舌的不爱吭声，在家里跟爸爸顶起嘴来，还蛮伶俐的。老朱爸爸也不跟儿子计较，拿上工具干活儿去了。但是他一直暗地里瞄着儿子的身影。

老朱假装没发现爸爸的阴谋，心里却防着他。他没有走常走的那条路，故意走了一条偏僻的小路。老朱爸爸也够狡猾的，等儿子兜了一圈后顺着荒草小路走时，他沿着另一条道，绕着树丛和草地也跟了上去，没用多久也到了辅导班。他藏身在树后朝屋里张望。时间久了就忘了隐藏，被正在上课的老朱给看到了。

"哎呀，是我爸。"老朱说完便走了出去，"你来干啥？"

"有事找你哩。"

"别撒谎了，你就是想来看看。"

见此情景，我忙出去打招呼，又对老朱说："爸爸来看看你的学习环境，有什么不好？干吗要赶人家走？"

"唔。"老朱低下头，默默地走开了。

家长能对音乐感兴趣是很可贵的，我很高兴，于是带他参观了辅导班。老朱爸爸好奇地瞪大眼睛四下望着，仿佛到了外星球。在他的一生中，从没看到过这么多如此美丽的、会发出动听声音的东西。他不停地欣赏着，还自言自语："真好，这真好……"

在老朱爸爸眼里，我成了神话般的人物，就算此刻我乘着七彩祥云飘上半空，他也认为理所当然。

老朱爸爸一直待了好久才回家，我送他到门外，欢迎他有空常来看看。老朱爸爸走后，老朱突然出现在我身后："老师，你不要理我爸。"

"为什么？"我愣了。

"你要是鼓励他，他也想鼓捣音乐，家里就没人干活儿了！"

"朱吉来，你爸爸也有权利喜欢音乐啊！而且，我觉得他能喜欢音乐很可贵。"

"可他是大人，就该去好好过日子，家里都指望着他呢。他要不干活儿，家里日子没法过了！"

我叹了口气："好吧，老师明白啦。"

虽然答应了下来，可是当老朱爸爸又来辅导班时，我还是不忍心赶走他。一个大男人，怀着对音乐的渴望可怜巴巴地坐在那里，让我无法拒绝。在大家练习合奏的时候，我悄悄给他发了一件打击乐器，并教他怎么敲打。老朱爸爸极为高兴，认认真真地跟孩子们合奏着。

老朱本是反感的，但看到爸爸那惊喜激动的样子，也不忍心再多说，只是叹了一口气。

北风

现在，说说一个叫北风的孩子。他并不是小乐队的成员，但跟我们的小乐队有很深的关系。

我注意到他是因为一次偶遇。

一次，我家访回来时，衣服被一株植物给钩住了，都快扯破了也动弹不得，只好大声呼救，这时，一个男孩子跑过来，把我从缠缚中解救出来，又小心翼翼地将刺钩一个一个从我身上取出来，之后几天，这些小伤口一直很疼，手碰着疼，衣服蹭到也疼。

这个孩子就是北风。

他说，钩住我的植物叫刺槐，山里人叫它"猫爪"，它们的主枝上伸展着无数"爪子"，弯曲成倒刺，人不小心碰到便会被刺出一道血口。

草地尽头有一座土房，那是北风的家。牛圈里有一头黄牛顶着一对弯弯的角，用下巴在栅栏上蹭痒痒。当我走过时，它停住不动，静静地注视着我。附近有个男人，正将一块树桩砍成两半，树桩被劈开以后，看起来好像一本书，散发出一股树汁的香气。砍柴人就是北风的爸爸。

听说我是新来的老师，北风爸爸跟我寒暄起来。他向我抱怨自己的儿子。他说儿子笨手笨脚，什么活儿都不会干，连铁锹都拿不动，一无是处，简直就是人间废物。他一边说一边摊开双手，向我展示手上的老茧。因为长年累月地劳作，北风爸爸的两只手又厚又重，力量十足。我猜，这双手既懂得怎样挥舞镐把，又知道怎样狠狠地打儿子的屁股。

"你看看我这手。我天天像头驴一样辛苦地干活儿，才有办法让他去念书！可他呢，天天吊儿郎当，不务正业。不念书也行，你倒是好好干活儿啊！活计也拿不起来。你说这孩子，我都愁死了——北风，过来！"

听到吼声，北风战战兢兢地走过来，瘦削的肩膀紧缩着，眼睛也不敢和爸爸对视。看到儿子这副样子，做爸爸的又生气了：

"把头抬起来！咋就不敢看人呢？我就纳闷儿了，你那脖子咋就挺不起来，得了软骨病吗？还是有啥亏心事？"

北风勉强把头抬起来一点儿。

"瞅你那个尿样！像只呆头鹅，脖子伸得长长的，就等人家来砍似的！一天不骂你，你都难受！"

北风低眉顺眼地听着。北风爸爸的直率和无情让我心痛，

就像他在骂我似的。一只黄白相间的猫走到北风身边，用身子蹭他的腿肚，像是在安慰他。

"我整天辛苦干活儿供你念书，可你呢！你都在干什么？"

北风爸爸一成不变的训斥又开始了。在这种情况下，我请北风带我到别处逛逛，才得以躲开这位咄咄逼人的爸爸。

我们默默无语地走了很长一段路。

一只蜣螂倒撅着屁股用后腿推着驴粪在地上滚，听见我们的脚步声，便警觉地停下来，我们一走过，它又开始推起来。

我们在山坡上一棵槐树下坐下来。树上的槐花偶尔落下，掉到我们的头发和肩膀上。

我试着和他聊天："北风，你平时都找谁玩？有没有玩得来的小伙伴？"

"没有。"他简短地答道。

我明显感觉到他不喜欢这个话题，但是鬼使神差的，我又问了一句不该问的："那你平时最喜欢做什么？"

"没有。"他说，目光黯淡下去，表情更为忧郁了。

是的，他的生活毫无目标，除了无精打采地在村里兜圈子，他真的不知道自己能做什么。

"你喜不喜欢音乐？比如唱歌、演奏乐器什么的。"

他摇了摇头。

"也许，你只是暂时没发现自己的爱好而已。"我说。

我不知该怎么和这个孩子交流。他脆弱的神经就像蜗牛的角，被人一碰就会缩回去。我们的几次谈话，都由于他的过分敏感而中断。

之后便是沉默，我们看着下面的山谷。

身在此处，可以将半个村子的风光尽收眼底。我指着山下对北风说："北风你看，米阿村的形状特像一只鞋子，而学校正好就在鞋口的地方。"

令我没想到的是，这无意的一句话，竟让北风的脸上有了笑容。他说，他也觉得村子的形状像只鞋子，这是第一次有人和他的看法相同。

"你是怎么发现它像只鞋子的？也是在这个位置吗？"我循循善诱。

"不是，是在更远的山上。"

"哦？你跑去那么远的地方干什么？那里有没有什么好玩的？我是外地人，一点儿都不了解这里的情况，给老师介绍一下吧。"

慢慢地，北风打开了话匣子。

他告诉我，他当时正在看日出，他说他也搞不清楚为什么会去看日出，只觉得那时候的山谷很美。

我点点头，表示理解。

他告诉我，日出时分，我们面前的这座大山闪闪发光，非常漂亮。山上蕴藏着大量的矿石和丰富的化石，岩层里可以找到许多贝壳、珊瑚或其他海洋生物的遗骸。他还答应，哪天带我去找找看。

他还说，他在闲逛的时候，喜欢仔细观察每样事物，他总能找到擅长伪装的蜥蜴、蜘蛛和草丛里的鸟蛋……在他眼中，所有事物都藏着令人惊叹的美，然而却没有人发现它们的美，真是太不公平了。

说到这儿，他脸上掠过一丝阴影，突然间不说话了。

"怎么了？"

"你不可能对这些东西感兴趣。"他忧郁地说，"你只会像我爸爸一样，骂我游手好闲。"

"说什么呢？你没发现我有多爱听吗？"我激动地说，"北风，你知道自己很特别吗？你有着和别人不一样的眼光，这是非常难得的，我为能发现你这样的孩子感到高兴！"

大概觉察到了我的真诚，北风高兴了，腼腆地低下头去。

他说自己天生就是这样，喜欢独自行走，喜欢寻找一些特别的东西。当然，在爸爸眼里，这都是头脑有毛病的行为，正常人怎么可能到处瞅一些没用的东西呢？爸爸不是一个有心情欣赏花草的人，生活中的一些小东西对他来说毫无意义。

生活给了北风爸爸一个"本事"，就是无论儿子做什么事情，他都会感到失望。在家里，他张口便骂，嘴巴犹如机关枪

般火力全开，直到把儿子射倒在地。在爸爸面前，北风感觉自己超级渺小，简直不如一粒灰尘。为了尽可能少挨骂，他每天都悄悄地溜进家来，又悄悄地溜出门去，像鬼影一般生活着。

我深深地同情他，同时也为爸爸没有发现他的优点而遗憾。

往回走的路上，北风把遇到的各种植物介绍给我：蒲公英的花朵像结满了降落伞的小绒球；狗尾草的绿穗就是它的花朵；荩荩草的花只有米粒那么大；酸模草被太阳一晒，有股浓郁的香味儿……

在树下一堆松软的树叶里，他找到了几颗石头，棕褐色，圆乎乎的，看起来很像鸟蛋。他把石头送给了我。我非常喜欢这些石头，一直保存到现在。

一路上，我们观察兔子、野鸡或者狐狸的足迹，和逃窜的松鼠不期而遇，聆听啄木鸟叩击树干的"咚咚"声和四声杜鹃"光棍好苦"的叫声。整个下午，我的世界充满了各种新奇的事物。

此时的北风不再像先前那样沉默，他变得爱说话了，一路妙语不断，我被逗得合不拢嘴。他仿佛总能发现有趣的事物。比如，当一只狗从我们面前跑过时，他说，这狗他认得，是油菜家的，它瘦得就像"八"字的一撇。这句话让我笑弯了腰："亏你形容得出来！"

等我们走到他家门前时，他指着门前的灌木说："老师，你看这两棵树的样子，多像两道眉毛。"

此时，我已经彻底喜欢上了这个孩子。

"要是有个相机就好了，我就能把这些都照下来给人们看。"他说。

这倒提醒了我："我正好有个数码相机，你要是愿意的话，明天就到辅导班来，我借给你好不好？"

听我这样说，北风高兴极了。我敢说，这孩子有生以来都没这么开心过。

他开心，我比他还要开心呢！

第二天一大早，我还没起床，北风就来敲门了。我披衣起来给他开门，他一脸的窘迫，为自己打扰到我感到不好意思："我来得太早了。"

"别这么说，你这么积极，老师很高兴呢。"

我把相机拿给他。相机虽然是旧的，却让这孩子喜欢得发了狂。我教他相机的使用方法，然后说："老师有一个要求，照出来的相片都给老师看看，好不好？"

"那当然了！"北风雀跃地说。

此后，北风更不喜欢待在家里了。有时，他独自一人在森林里漫步；有时，他在半里之外的山坡上；有时，他只是草原上的一个小黑点。

他的镜头对准了一切：飘摇的野花，滴水的屋檐，杂乱的

谷仓，雨中的玉米田，挂满水滴的蛛网，叶片的经脉，昏黄的天空，老人皱纹堆垒的脸和骨节突出的手，婴儿纯净的眼睛，老式的木箱子，结了厚厚烟油的烟斗……

他用相机抓拍任何遇到的小动物、小昆虫。他寻觅太平鸟，守在灌木丛后面等待一只獾出洞。最棒的是，有一次他拍到了一只鼹鼠的鼻子头正从泥丘中探出的那一瞬。

他时常到辅导班里来，当大家在练习乐器或唱歌时，他就朝我们举起相机。有人看向他，他立刻就放下相机。我鼓励他尽管大胆拍摄，没关系。后来，我干脆安排他专门给乐队拍照。

我闲下来的时候，就欣赏他相机里的照片。

"这只泥地里的脚印美在哪里，说说看？"我说。

"不知道，就是觉得好看。"

"说说嘛。"

他不安起来："老师，你是不是觉得我照这个没意思？"

"不是不是！老师只是鼓励你勇敢地说出自己的看法。说真的，老师觉得你很有想法呢！"

我站起来，拿起花瓶，把它摆在桌子中央，对北风说："你不觉得这朵神奇的小花改变了整个房间吗？这就是细节的力量，就像那只泥地里的脚印。"

"总有一天，你的爸爸，还有所有亲人，都会以你为傲的！"我说。

北风原本等着我给他"判刑"，听到我的回答，非常意外。他默默地坐在那里，享受着我的话带给他的愉快感受。

当他抬头时，忽然看见门外一头母牛带着小牛犊在草地上吃草，他立刻就跑出去拍摄了。

我朝他的背影微笑着摇摇头。

北风爸爸仍然没改变看法。他坚定地认为儿子是人间最大的废物，他做的所有事情都没有任何意义。北风在家里不断地进进出出，有两次跟爸爸在门口相遇，爸爸不得不站到一边给儿子让路，儿子的背影让他觉得越来越陌生。

有天正吃着饭，他忽然盯着北风，足足看了一分钟。北风没注意到他，仍然在摆弄相机。一股怒火突然间从爸爸的胸腔里迸发出来，他嗓门陡然提高，冲力大得让北风的脖子向下缩了一缩，只好低头看着饭桌。

"吃饭你也摆弄那玩意儿！就不能放一边？照那个有啥用？能当吃还是能当喝？这东西要不是你老师的，我早给砸了！"

"人家小岚老师都说我照得好呢！"北风理直气壮地说。

尽管爸爸还是像从前那样骂他、嘲讽他，但那又有什么？北风已经快乐和自信起来，对爸爸的尖酸刻薄不再难过，有时候还会顶撞爸爸呢。

"人家城里老师那是会说话，那是鼓励你，你也当真！"

"那她怎么没鼓励你呢？"

北风爸爸闻听，边跳起来追打他，边用最难听的字眼儿骂他。北风在前面跑，他在后面追，一下子撞到驴身上，他跳着脚，在院子里大骂了好一阵子才罢休。

玉米地里的小孩儿

那个孩子又来了。

他的脸被晒得黑油油的，头发上沾满了草棍，衣服也破破烂烂的，就像个未开化的小野人。

这孩子经常出现在米阿的各条道路上。有时，他出现在学校前面的小池塘边；有时，他出现在小山坡上；有时，他出现在别人家的大门旁；有时，他沿着牤牛河岸边行走；有时，则在村口的树下静坐。由于长时间流浪在外，野兔都认识他了，每逢遇到他，它们都不会急着逃走，而是用后腿站立着看他一会儿，再蹦跳着跑开。

最近，他一直跟着我。我进屋后，他就骑坐在树上，两腿在空中晃悠着朝房间里看。这期间有人走过，他就朝人家吐口水，或者挑衅。当学生们下课的时候，他就滑下树来，和他们追着玩，或者在其他孩子跑过来的时候绊上一脚。我刚观察他那么一会儿的工夫，他已经成功地绊倒了两个人，最后一个孩子摔成一个大字，趴在了草地上。

这个孩子不受任何约束，一味地由着性子做任何想做的事，恶作剧、调皮捣蛋是他的拿手好戏，爬个树、追个狗、撵个鸡、点把火什么的，对他来说更是家常便饭。他好像除了做坏事什么都不会干。他在村里四处游荡，追赶拖拉机。"又蠢又笨的破烂车！"他对拖拉机大吼，"你甩不掉我！"

他跟在喝多了的爸爸后面，夸张地模仿着他，配上傻兮兮的表情，引得村里人大笑。

他每天都挨大人骂，手心每天都会吃老师的棍子，在教室里，他经常面向墙壁站着。

这个孩子叫淘气儿。

淘气儿是个苦命的孩子。他的妈妈跑了，爸爸是个酒鬼，差不多每天都喝得烂醉如泥，经常醉倒在路上，让村里人把他送回家。他一喝多了就骂淘气儿，骂着骂着就冲过来了。他追，淘气儿跑，爷俩儿绕着房子转圈。后来，淘气儿顺着梯子爬到房顶上，酒醉的爸爸上不去，只能在下面骂个不停。

如果你看到淘气儿在房顶上，那他爸爸一定是又喝多了。如淘气儿所说，如果你的爸爸是酒鬼，那你就得学会爬房顶。

后来，淘气儿爸爸一气之下拿把斧头劈了梯子，他以为淘气儿下不来，但这实在是小事一桩。淘气儿先是蹦到厢房上，再从厢房跳到邻近的一棵树上，最后从树上滑下来跳到地上。淘气儿爸爸见状追上来，淘气儿逃到了院外，一群羊恰好路过，他隐藏在数不清的羊腿的搅动和扬起的尘土当中，不见了。

安全地点没有了，不过也没什么，他藏身的地点有很多。

乌鸦呱呱叫着飞过一块玉米地。淘气儿就藏身在这片玉米地里。他在这里一待就是一两个钟头，听着叶子在头上沙沙作响。闲得无聊时，他就捉蚱蜢、堆土人、把玉米皮编成小娃娃来玩，或者干脆睡上一大觉。饿了就吃玉米。刚刚长出的玉米芽特别细嫩，鲜美多汁，非常好吃。

淘气儿做得最多的事情是躺在玉米田里，双手枕在脑后，望着玉米田上空露出的一小块蓝天发呆。他时常想起小乐队，脑海里不停地回荡着小乐队演奏的旋律。平时的生活太无聊了，而山坡上的房子能带给他惊喜。想想吧，老师竟然带着全班的学生跑到山坡上唱歌，真是太好玩了！

"我要是有机会唱歌，一定不比那些人差！"

想到这儿，似有什么东西努力地要从他心里拱出来，那力量使他突然间跳起身，向玉米地外面跑去。他唰唰作响地跑过一片又一片玉米地。如果从高处看，可以看到他穿越玉米地时留下的一连串轨迹。他一口气跑到地头，对面就是连绵的山谷。

他停下来，把手放在嘴边合成喇叭状，对着远山大喊："呀——嗬——嗬——"

声音渐行渐远，绕转回来的时候，已经变调了，轻微，回荡，消逝，沉寂……

他越来越频繁地来辅导班，我经常看到他眼里闪着小小的火花。

当听到架子鼓的声音时，他的眼睛又开始闪火花了。

"你们敲的是啥东西？"他问。

"这个嘛，叫架子鼓。好不好听？"我说。

"好听。"

"想不想敲一下？"

他毫不迟疑地接受了这个邀请，立即坐到架子鼓前面，拿起鼓槌儿一通乱敲滥砸。

"这个好玩！"他宣称。

"想不想经常来玩？"

"想！"

"那么，你就要过和现在不一样的日子。"

"不一样？"他被这句话打动了，开始认真思考，过了一会儿，他困惑地问，"不一样是啥样？"

"就是不再四处流浪，规规矩矩地来学打鼓。"

"……"

"怎么样？"

"我愿意！"他大声喊道。

淘气儿的家

一走进淘气儿家的院子，我的心就凉了半截。

我从没见过这样破落的人家：院子里的草有半人高，房子眼看就要倒塌似的，墙皮剥落，门窗破烂，屋里狼藉一片。锅台污浊，铁锅和水桶都没有盖子，总算有一个衣柜，门还是坏的，里面空无一物。用来睡觉的土炕塌了几块，冰冷的炕头上坐着个醉醺醺的男人，正在扯开破锣嗓子咒骂着。不用说，他就是淘气儿爸爸了。

一看到爸爸的样子，淘气儿的双眼开始冒火，脸也憋得通红。他不肯正眼看爸爸，也拒绝和他说话。

"他总是这样，喝得死醉死醉的！喝多了后，就像恶鬼附身一样。"

听到淘气儿这样介绍自己的爸爸，我既心酸又无奈。

淘气儿爸爸拿一双血红的眼睛瞪着我，喝问："你谁呀？"

"不许吼人家！"淘气儿拦在我和他爸爸中间，做出一副保护我的姿势，"这是新来的音乐老师！"

那一刻，我被这个动作感动了。人们只看到淘气儿表面的顽皮和恶劣，却没看到他内心的纯净与善良。

"上我家来干啥？"淘气儿爸爸说，"我家不欢迎你，滚！"

听说他对我还算是客气的，要是别的老师来家访，他一般都会破口大骂，甚至会动手打人。

不过无所谓，我已经知道他们家的情况了。我的任务完成了。

我心情沉重地回到住处，好久都恢复不过来。我之所以难过，不是因为淘气儿爸爸恶劣的态度，而是因为淘气儿艰难的处境。这位爸爸几乎天天喝酒，一年到头都难得清醒，家里的东西都被他卖了买酒喝了，没酒了就四处找酒，赖在人家不走，也不管淘气儿是否能吃上饭。这还不算，他酒后不顺心还要拿淘气儿当出气筒。

淘气儿回到家，爸爸正在饭桌前就着焖黄豆喝酒。尽管此时并不是谈事情的好时机，但是淘气儿忍不住，就把事情说了。

"我想在乐队学打鼓。"

"乐队是啥东西？打啥鼓？"

"乐队就是演奏和唱歌的地方。"

"谁让你学那玩意儿的？"

"就是刚才来咱家的小岚老师。"

"嘁！"淘气儿爸爸不屑地说，"她知道你是啥孩子吗？她要是知道你是个完蛋的孩子，她就不会让你参加了！"

淘气儿低头不语。

"老师让你参加乐队，也是可怜咱，咱不稀罕别人可怜。别看你妈不要咱了，咱不在乎……"

淘气儿瞄着爸爸的酒瓶，算计着多久后爸爸会喝多，然后他就会在某个时间悄无声息地消失。

"要是我有本钱，我就去城里做买卖，赚大钱。如果我好好动动脑子，我能赚到好多钱呢！我就是要给你妈看看，看看我是不是废物。"

淘气儿爸爸又开始做白日梦了，每次酒后他都会这样。

"然后你猜我会怎么做，小子？"他咧嘴一笑，"我就给你再找个妈，要比你亲妈强得多的！我气死她！"

淘气儿爸爸端起酒杯一口气就喝光了，那痛快劲儿好像喝的是凉水。与此同时，他已醉。醉后，他哭得像个孩子，说着一些别人听不懂的话。淘气儿一点儿都不打算安慰他，他只想跑得远远的。

淘气儿一个人沿着村路走着。像从前一样，孤独和忧伤笼罩着他。他只能看着别人家温暖的灯火，独自熬过这样的夜晚。

淘气儿总是找各种地方睡觉，有时甚至会去坟地。当他感到忧伤，或者只是想考虑一些事情的时候，他就会去那里。坟地里安全又安静，还可以呼吸到野花的芳香，真的不赖。淘气儿一点儿也不怕坟地，在他看来，死亡和熟睡没什么两样，在这里，死人并不比活人更可怕。如果让他选择跟死人待在一起还是跟爸爸待在一起，他宁愿选择前者。

淘气儿的命运让我心疼。从此后，我开始牵挂这个孩子。

有一次，我从村里走过，看见他站在一户人家的窗子旁，正从窗台上划拉些什么东西放进嘴里。我一下明白了：他正在捡食人家掰碎后撒在窗台上喂鸽子的玉米饼渣吃，我的眼泪顿时涌出来。那一刻，我坚定了自己的想法，再也不能让他这样生活了，就算他不是学音乐的料，我也要收下他。

当我把这个决定告诉乐队成员的时候，立刻炸开了锅，叫嚷声此起彼伏："老师，不行！他可坏了，还爱打人……"

"那孩子，啧啧！"连房东也这样说，"你要是打算教他，还不如去教教我家那匹马，兴许比教他还有用呢……"

甚至学校的校长和教师们也说："算了吧，那孩子会给你找麻烦的……"

顶着种种压力，我还是收下了他，并向他提出要求：要听话，不许惹事，如果表现好，还可以和我一起吃饭，这样你就不用再饿肚子了。他听后，大力地点头。这对他来说吸引力很

强。我的辅导班就是他的避难所，是他生活中仅存的阳光。

但是，安静乖巧对他来说真的很难做到。

这孩子活力无限，每分每秒都想动个不停。哪怕只安静地待上一分钟，他都很郁闷。刚上课三分钟，他就坐立不安，屁股上像长了刺，只要听到窗外有声音，就忍不住想看看。坐在凳子上也不消停，总是用脚后跟不断地踢凳子的横档。当我在黑板上写字时，他就朝女生挤斗鸡眼、吸腮帮子、做鬼脸，等我转过身来，他马上恢复正常。没过一会儿，他又故意把身子往后靠，结果弄了个人仰椅翻，引起一阵哄笑。他爬起来把椅子安顿好："我屁股坐得都疼死了！"在众人的哄笑声中，他解释说。

我什么也没说，请他坐好。房间里暂时安静了一小会儿。没过二十分钟，他又折腾开了。他发出呻吟，一边摇晃身体，一边抚摩屁股。离他最近的油菜烦透了："你忒嘚瑟了！"油菜说。

淘气儿质问油菜："啥叫嘚瑟？"

"就是瞎折腾。"

淘气儿捶了他一下："谁瞎折腾？"

油菜霍地站了起来。

"如果不想上课就请出去，不要影响别人！"我命令道。

油菜重重地坐了下去，狠狠地瞪了一眼淘气儿。

我明白，一个自由散漫惯了的野孩子，要他长时间老老实实地待在屋里听课是很难的，而在硬板凳上坐上大半天，对他来说就是一种残酷的折磨。有时候，我不得不怀疑自己不顾阻拦贸然收下他的决定，但是要赶走他我又不忍心。我真的不知该怎么对待他，在我有限的教学经历里，真的没有太多的经验。

一天课间休息，我准备出去办点事，刚走出没多远，就有孩子跑来找我，说辅导班里出事了。我跑回去，看到有两个人正在地上乱滚，叫喊声、咒骂声响成一片。

打架的人是黑泥和淘气儿。黑泥对着淘气儿连挠带咬，淘气儿只有招架之功，没有还手之力。"松开手，不要打了！"我把他们从地上拽起来，黑泥还在不停地乱踢滥抓，一副玩命的架势。突然间，一个黑乎乎的东西飞过来打中了我的脸，瞬间我眼冒金星，蹲在地上。孩子们慌成一团，围着我又是喊又是叫，有的女生还哭了起来。

"淘气儿，你打中老师了！看你怎么办！"

"这下你可作到头了！"

"老师，你疼不疼？"

"老师……"

我那凄惨的鼻子在一击之下又酸又痛，耳朵里面好像飞进了很多蜜蜂，一直在嗡嗡作响，脸上还有莫名的粉尘，后来才知道那个东西是黑板擦。

原来，大家在练习期间，淘气儿闲着无聊，就把手指伸进鼻孔，挖出一坨黏糊糊的鼻屎，抹在了黑泥的手风琴上。黑泥立刻就急了。别看黑泥自己不讲卫生，但他绝不会把脏东西蹭到心爱的手风琴上面，每次拉琴之前都要看看手，确认没脏东西才行。淘气儿这样对待他的宝贝，他不玩命才怪呢！

淘气儿知道自己惹了祸，安静了许多，站在那儿默不作声。

"淘气儿，过来。"其他同学都回家了，只有淘气儿被留了下来，"告诉我，为什么这么做？"

淘气儿低头不语。

"为什么非要惹别人呢？那样你很快乐吗？"

"要是我安安静静、不吵不闹的，人家就会觉得我像个桌子凳子一样，既不重要，也没什么趣儿。"他说。

"可是别的孩子都是安静的，你觉得他们既不重要又没趣吗？"

他摇摇头。

"这就对了嘛。我知道，你觉得辅导班里没趣、不好玩，但是你想想，除了辅导班还有哪里愿意接收你？你真愿意做人见人恨的讨厌鬼吗？你真愿意在大街上流浪吗？你真愿意吃了上顿没下顿吗？你真愿意永远这样下去吗？我不相信！"

淘气儿继续沉默。

"现在，和你一般大的孩子都在学习，或者帮父母干活儿，你一个玩伴都找不到，不孤单吗？而在这里，你可以有好多伙伴，大家在一起不是很开心吗？"

淘气儿点点头。

"还有，你在这里上课，你爸爸不会到这儿来找你麻烦，是不是？"

淘气儿吸了下鼻子，又点点头。

"所以，如果你想留下来，就乖乖的，再也不要惹乱子，好吗？"

"嗯。"他再次点点头。

"我可以相信你的承诺吗？"

淘气儿重重地点点头。

"那么，明天当着全班同学的面向黑泥道歉。如果你做不到，就不用再到辅导班来了。"

"老师，我能做到。"他说。

"好，你去园里摘几个青椒，再朝小锁要个鸡蛋，我们今天做青椒鸡蛋打卤面。"

淘气儿一听，立刻兴奋起来："好的，老师！"

淘气儿爱上了打鼓

孩子们最爱的周末又到了，他们早早来到辅导班。淘气儿到得最早，他给黑泥带来了一个弹弓作为礼物。黑泥收下了，算是原谅了他。弹弓是米阿的孩子们必备的玩具。送给黑泥的那支弹弓做得很漂亮，是淘气儿亲手做的。他的手很巧。

可能淘气儿想表现表现，弥补一下自己的过错，一来辅导班就积极打扫起房间来，然而由于扫得太用力了，搅得灰尘漫天飞舞。女生们尖叫起来："别扫了！乐器都落灰了！"孩子们如临大敌，纷纷脱下衣服盖在乐器上面，有的还把乐器抱到室外。淘气儿只好放下笤帚，一时间不知道该干什么，只是傻站在那里，样子怪可怜的。

大家安顿好了后，我开始讲课。没多久，淘气儿爱玩闹的瘾又犯了。他开始不停地抖动一条腿，当他意识到这点后，立刻就不抖了。

过了一会儿，他又想朝窗外看。窗外的鸡鸣狗叫、隐约的

人语声、风中传来的吆喝声都在折磨着他。他尽力转移视线，不去看窗子，并且告诫自己：不要往外看！不要张望！不要！不要！不要！

可越是想抵制它们，就越是无法做到。它们一直在诱惑他，在推动他朝窗外看。终于，他控制不住地往外看了一眼，然后立刻对自己说："好了，你已经看过了，满意了吧？""我满意了。"他告诉自己，"看到了外面的东西，现在我要安心听讲了。"于是，他重新坐直了身子。

"淘气儿！"我叫他。

"在！"他惊跳起来。

"你来说说休止符用什么标记，它代表什么？老师刚讲完这个问题。"

"休止符用'0'来标记。就是没有声音、不出声的意思。"

"淘气儿，你太棒了，真聪明！"

我经常考淘气儿一些非常简单的问题，让他能够答得出来，这样他就会有一种成就感。

同时，为了吸引他的兴趣，我开始教他打鼓。

"架子鼓的基本打法是右左、右左，就是右边打一下，左边打一下。重复一遍，右左、右左，你来试一下，可以打快一点儿。"

淘气儿依照我的指导打了几遍，根本快不起来，于是我坐下，拿起鼓槌打了起来。淘气儿说我打的声音像机关枪一样快。

"用不了多久，你也能行的！"我鼓励他。

果然，到了下午，淘气儿就打顺手了。从此，他对打鼓的兴趣越来越浓，一到了乐器练习时间，他就像上了发条的玩具，突然从凳子上跳起来，蹿到架子鼓前。他说架子鼓打起来特有气势，特带劲儿。它仿佛具有某种神奇的力量，让淘气儿无法抗拒，每当看到它，要是不敲打上两下淘气儿心里就难受。

因为架子鼓，淘气儿变得越来越有耐心，除去上厕所和吃饭，经常一敲就是大半天，对周围嘈杂的一切都视而不见。我很喜欢看他那副心无旁骛的样子。每天放学，他都会请求留下来再练一会儿。我欣然同意。为了不打扰他，我便去房东家里喝茶。直到暮色慢慢将山谷包围起来，我才回家。这时，嘭嘭的鼓声仍旧从屋里传出。我不由得暗自赞叹，这孩子还真有韧劲儿！

从前，淘气儿对音乐无动于衷，完全是因为他的潜能睡着了，而我唤醒了这潜能，就像把一个昏睡的人弄醒，他突然发现面前是一个光明灿烂的世界，于是他迈开脚步走入这个世界。

淘气儿自己做的鼓

辅导班来了个新学员，和黑泥一起学手风琴，每当那个同学拿起琴，黑泥就紧张得不得了，一会儿站起来，一会儿坐下，不停地朝他看。黑泥很怕琴有什么闪失。

我在教那孩子拉手风琴的时候，发现他有点儿心不在焉，我问他怎么了，他说："老师，这琴太难学了，我不学了。"他边说，目光边往另一边溜，他在看淘气儿的架子鼓。

淘气儿打架子鼓进步很快，鼓点越来越准确，打得也越来越好听。同学们也对他另眼相看，他的得意之情溢于言表。他不再觉得时间难熬，练习打鼓可以毫不费力就把整个一天打发掉。

"老师，我也想练架子鼓。"那个孩子说出了心里话，"打鼓好玩。"

淘气儿一听就急了，他可不想让别人跟他抢："滚，练你的琴去！"

"又不是你家的，我想练就练，你管不着！"那孩子怒目相向。

淘气儿非常郁闷。本来练习时间就很短，现在还要分给别人一半，他实在不甘心。他想毫无阻碍地学会打鼓，想尽快被人们喜爱和夸奖。可是他必须等，要等到别人练完了，才能轮到他。但是他不能等，他一定要快点儿学会它。如果能拥有一套完全属于自己的鼓，就可以尽情地练习，而且只要愿意，可以日夜敲打。

可不可以有一套自己的架子鼓呢？

当这个想法钻进脑海时，他马上重视起来。他仔细研究起架子鼓来。他翻来覆去琢磨了很久，觉得鼓的构造很简单，自己可以尝试着做一套。这本是一个心血来潮的想法，到后来竟成了他全部的目标。

从那以后，淘气儿变得沉默寡言，不再四处游荡，而是经常坐在某个地方沉思。

几天后，他开始行动了。

他先寻找做鼓的材料。为找到合适的东西做鼓，他试验了无数个纸箱、木箱、抽屉，最后，他发现将家里的水桶反扣，在底部垫一块布，打出的声音与鼓声特别像。

接着是镲。

他想方设法弄来了两个不锈钢碟子，用来做镲，声音效果

也比较理想。

然后是鼓槌。

他最先试用的是筷子。筷子太轻，打出的声音不响；勺子又太重。最终，他仔细地削了两根木棒来代替。

就这样，两根木棒、两个不锈钢碟子、四个高矮不一的纸箱和一个水桶组成了一套简易架子鼓。它被摆放在院子里，在阳光下静静地等待着。淘气儿站在那里，先是一番凝神静气，然后将鼓槌抛起来，接住，两臂高高地举起来，敲了下去：咚咚，啪啪，锵锵……

这套由碟子、纸箱、水桶、木棒组成的简易架子鼓，打起来效果非常不错，不逊于辅导班里的真鼓。

淘气儿兴奋极了："成功了，成功了，我成功了！"

这天，在这大山深处，在寂寞荒凉的院子里，一人一鼓，异常陶醉。阳光使他眯起了双眼，风把他的头发吹乱，野鸟在他的头顶盘旋，青草在他的身边茂盛地生长……

几天没回家的淘气儿爸爸踉跄地走在路上，他醉到无法控制自己的身体，面对着一条笔直的路，他却走得摇摇晃晃。迷迷糊糊间，他听到从某个地方传来嘭嘭的声音。他站下，瞪着充血的眼睛听着，然后寻着这声音走走停停。这声音越来越近，就从自家院子传出来。一进门，只见儿子在乒乒乓乓、叮叮当当地捶着水桶，敲着碟子。他的耳朵都要被震聋了。

"这是啥鬼玩意儿？"淘气儿爸爸叫道。

"鼓。我自己做的！"淘气儿骄傲万分。

淘气儿爸爸可以接受噪音，包括他自己制造的，但他并不打算忍受敲打水桶的声音："这玩意儿可真吵！快停下！"

"我会越打越好听的！"爸爸的反对并没有让淘气儿停下来，他继续敲打着。

爸爸一眼看见了地上的水桶："你把水桶给用这上头了？我喝水用啥？"

"反正你也不在家，整天在外面！"

爸爸瞪了他一眼，气呼呼地坐下来。过了一会儿，他喊道："别敲了！"

淘气儿充耳不闻，仍旧叮叮咣咣地敲打着。

"你小子就知道吃喝玩乐，可知你老子我心里有多苦？"

"苦还不是你自己找的？"被架子鼓激起的豪情使淘气儿脱口而出，"谁让你是个酒鬼！你本来可以过得好点儿，我妈也不会离开你。"

"你说啥？我生你养你，还养出罪来了？你个白眼狼！"淘气儿爸爸最听不得淘气儿因为妈妈离开而责备他。愤怒让他发了狂，他蹿上前来几脚踹碎了架子鼓："我让你敲！我让你敲！"

看见被毁掉的鼓，淘气儿傻眼了。他刚准备明天将成品带到辅导班，让大家都欣赏和羡慕一下，没想到就这样毁于一旦

了。

淘气儿一路绝望地号哭着来到我的住处，我吃惊地迎上去："怎么了，淘气儿？发生什么事了？"

淘气儿哭得非常伤心。妈妈抛弃他，爸爸打骂他，从来没有人疼爱他，忍饥挨饿，挨冷受冻，这些都没有让他伤心。但是爸爸毁了他的架子鼓，他实在太伤心了。他扑到我怀里："我恨他！老师，我恨死他了！"

我不停地安慰着他，但是这安慰那么苍白无力。

那几天，我的脑子一片混沌，几乎无法集中精力教课。有时候，某个学生站到我面前，耐心地叫着："老师，老师……"还扯着我的衣服，试图引起我的注意。我回过神儿来看着面前的孩子问："什么事？"

"老师……"孩子说，我听着听着又走神儿了。

我满脑子都是淘气儿和他的鼓。

我要帮助这个可怜的孩子。我一定要尽最大的努力支持他，支持这非同一般的创造力，支持他对音乐的梦想和对未来的希望！

打听到自制架子鼓用的碟子只有乡里唯一的一家超市才有，我便搭车去了一趟。付款的时候，超市的老板娘跟我谈起了这两个碟子。

"前阵子也不知是哪来的野孩子，像个要饭的，也喜欢这样的碟子，进来之后就在货架那儿转来转去的，又不像是有钱的样子，我就觉得他有点儿问题，偷偷瞄着他，结果一错眼珠的工夫，这孩子抓起两个碟子就跑了！我追出去，没追上，叫他跑了！真是气死我了！"

我尴尬地笑着，赶紧离开，好像偷碟子的人就是我。

我把两个碟子交给淘气儿，告诉他："架子鼓最重要的部分找到了，其他部分应该容易些，你再慢慢凑吧。老师屋里有水桶和纸箱，你看能不能利用上。我相信你会做出一套更漂亮的架子鼓！还有，如果再做好了鼓，不要放在家里了，要放在一个安全的地方。"

最后，我还郑重地告诉他："偷拿别人的东西是绝对不可以的。如果有难处，或者缺少什么东西，一定要来找老师，老师帮你想办法，自己千万不要乱来，知道吗？"

他低下头，又点点头。

新来的春草

辅导班里学生太多，乐器太少，再加上我精力也有限，便声明不再收新生了，可还是不停地有孩子来报名，不收就赖着不走。我只好规定，通过音乐能力测试的可以加入。这一办法比较管用，因为大多数的孩子都不容易通过。有的孩子张开嘴，半天吐不出一个音，只能失望而归。

在这些报名的孩子里也有比较优秀的人才。

有一个叫春草的孩子，他爸爸专门在喜事、白事宴上吹唢呐，吹一场能赚几十块钱，经常翻山越岭地赶场。一天，爸爸参加完喜事回来，在路边捡到一根木头，又是削又是雕的，给春草做了支竖笛。回家后，爸爸从衣兜里掏出这个新鲜的玩意儿递给春草。春草接了过去。这支小小的笛子开启了他的音乐之梦。春草报名的时候怀里就揣着这支小小的木笛，什么也不说，拿出来就吹，简单的曲调一飘出来，我立刻决定收下他。

但是由于乐器缺少，春草没机会摸到笛子。我的精力和时间不够，只好让学生们结成一对一的小组，让学生来教学生。学唱歌的同学还好说，但是学乐器的同学就不怎么愉快了，因为先上手的同学都不愿意把自己正在学的乐器交给别人。

当春草第一眼看到老朱手里的笛子时，他的视线几乎没法离开那个美丽的小东西。那可是一支真正的笛子！由于长时间摩擦，笛子表面光滑油亮，美丽极了。头脑中仿佛有个小小的声音告诉春草，那东西是属于他的，上面仿佛还写有他的名字呢！

老朱停下来休息时，春草就凑到跟前，用手抚摩着笛子。他喜欢那光滑的感觉。老朱很生气，不准他摸。但只要有一点儿机会，春草就会下手。老朱刚离开笛子，前一秒钟春草还在最后排座位上，后一秒钟就凭空出现，手已经朝笛子伸过去了。老朱烦死了春草这种赖皮赖脸的做法，他越是这样做，老朱越是讨厌他。

"你真是个癞皮狗！"老朱说着，从口袋里掏出个手绢来，擦了一遍笛子。

后来，春草换了一种方式。每当到了乐器练习时间，春草就一脸幽怨地坐在那里看着老朱，他希望老朱能看到他的悲伤，从而把笛子让出来给他练一小会儿。但是他失败了，老朱仿佛根本看不见他。从老朱的沉默寡言里透出一种固执倔强和难以通融，光是看老朱的样子你就会知道，他不是个好说话的孩子。

不但是老朱，每个同学都仿佛是铁石心肠，他们宁愿抚摩一只狗的脊背，也不愿跟春草打声招呼。春草就只能孤单地坐在那里，看着身边人来人往。

他心底有着一个隐秘的期待，希望老朱突然间肚子痛，或者脑袋疼，不得不回家休息，这样他就能拥有笛子了。当然，这个愿望很难实现，因为老朱的身体壮实得要命。

"让我吹一会儿笛子吧。"他忍不住向老朱恳求。刚开始，老朱不作声，像没听见一样，再说下去，老朱就硬邦邦地回一句："我还没练完呢！"

春草跑来找我："老师，你说让我们换着学，可老朱就是不给我！"

于是，我安慰春草，劝他不要急着学吹笛子，还是先学乐理知识为好。我叫一个同学教他乐理知识，那同学答应下来，敷衍地塞给春草一张乐谱。春草笨拙地接过来，可是根本不会看，于是就做着样子，眼睛一直盯着那张纸，仿佛他能读懂似的。直到下课，他什么也没学会，只好收拾东西，站起来把书包向肩上一甩，低着头默默地向教室外走去。

到了第二天，他早早就起来了，这样他就可以很快看见可爱的笛子了。他一路小跑，等在辅导班门外，他镇静下来，调匀气息，慢慢走进屋。教室后面的角落里趴着一只壁虎，肚子一鼓一鼓的。大部分时间，他都和那只壁虎默默相伴。

一天，当窗外的光线洒在春草身上时，我发现他皮肤的颜色不对，就让他把袖子卷起来。他把袖子一直卷到肩膀，我发现他双臂布满了瘀伤，又青又紫，好像是被人紧紧抓过似的。不但胳膊上有，身上其他地方也有。我问他这是怎么了，他轻描淡写地说："抽风。"

我脸色变了。抽风就是癫痫，是一种很吓人的病。"为什么身上会这样？"

"我犯病了，我爸妈把我压在炕上，这样我就不能伤到自己了。"

想象着四只强有力的手压住他，让他不要乱动，嘴里还可能得咬着毛巾的那一幕，我就有种揪心的感觉。我问他为什么会得这种病，他淡定地说："谁知道？有人生下来就缺胳膊少腿的，有的人眼睛还瞎呢，我这算什么！"

黑泥放声大哭

因为黑泥对手风琴非常爱护，我允许黑泥把手风琴拿回家

练习。他向我保证一定会保护好它。

当黑泥接过我递给他的琴时，兴奋得手都发抖了。他紧紧地抱着琴，一路小跑着回家，路上看到个干净地方就坐下来调整一下姿势。

到了家，他在琴下面垫了个干净的垫子，又拿来枕头靠在琴背后，手风琴就像个婴儿一样静静地立在炕上。

那是个很晴朗的夜晚。一整晚，黑泥都和他心爱的手风琴在一起，他抚摩着它那光滑的表面和圆润的按钮，在灯光下默默地注视着它，真是幸福极了！后来，黑泥睡着了，手一直搭在琴身上。

夜半时分，他在炕上翻了个身，突然，他一骨碌爬起来，惊慌四望，手风琴还在。于是，他重新把手搭在上面，继续睡觉。

一个新来的学生跑来跟黑泥商量，要和他共用一架手风琴，黑泥久久地看着他，神情仿佛是被吓到了。

他真的被吓到了。

他的心脏怦怦直跳。他无法想象手风琴会离开自己，落到一个傻兮兮的家伙手里，并遭到百般蹂躏。这让他难以接受。

"这可是老师说的。"那孩子强调说。他的意思是，老师的话你也敢不听？

"一会儿我还得练呢。"黑泥说。

"那你啥时练完？"

"不知道。"

"你就是不想让我学！"那孩子嗓门高了起来，"看我告诉老师去！老师一生气就会没收你的琴，看你还得意不！"

那孩子走后，黑泥本想做作业，可他根本无法集中精神，脑海里不停地闪过那孩子愤怒的脸，还有他的威胁。他真会去告诉小岚老师吗？会的，他一定会的，也许明天自己就要和爱琴分开了。

想到这儿，黑泥万分难过，放声大哭起来。他越哭越凶，后来干脆就地打起滚来，家人来劝，邻居来劝，谁劝都不好使。

"我不活啦！我不活啦……"

"再哭就把琴送回去！"妈妈喝道。

黑泥闻听，哭得更凶了，众人好话说尽，都没法让他安静下来。

当晚，黑泥妈妈来找我聊天，当她告诉我这件事的经过时，我却忍不住想笑。一个小小的孩子，却老气横秋地说"不活啦"，多有趣！黑泥妈妈见我笑，也跟着勉强笑笑。

"小岚老师，要我说，你要是乐器不够，就不要再收学生了。你看我家黑泥，舍不得把琴拿给别人练，哭得让人心酸……"

我理解黑泥。对他来说，手风琴是他的全部，是他的幸福，

是他的梦想。我不能从他手里夺走它。

可是，那些同样有天赋的，同样怀着渴望的孩子，该怎么办？

春草的花招

春草走过大片原野，走了好远的路来找老朱。老朱正在喂马。

"喂，老朱。"他叫。

老朱头都没抬，转身走到马的身后，这样就看不到春草了。春草却不依不饶地跟着走过来："老朱，你练完笛子了吗?"

"唔。"老朱还是没有回头，又绕到另一个方向。

春草又跟在他屁股后面："老师说，让我们两个一起学。"

"唔。"

春草把刚才的话又说了一遍："老师说，我们两个一起学笛子。"

"唔……"

"那你把笛子先借我学学，行吗？"

"唔……"

"你同意啦？"

"唔……"

"你到底是啥意思嘛！"

不管春草说什么，老朱总是故伎重演，唔唔又唔唔，仿佛说出每个字都要花掉他一毛钱一样。春草又泄气又懊恼，只好走了。老朱看了一眼他的背影，没说一句话，也没送他。

春草的心情坏透了。

越是得不到的东西，越是宝贵。无论遇到什么挫折，都无法让他摆脱吹笛子的念头。这念头就像野草，不管你拔掉多少次，因为根还在里面，它随时都会再次发芽生长。

辅导班下课后，老朱收拾东西，就要带走笛子了。春草全身紧张，每个毛孔都在无声地呼唤着，恳求老朱再留下来待一会儿，但老朱还是走了。春草恋恋不舍地看向曾经摆放笛子的地方，好像笛子会再次出现在那里似的。

这天晚上，春草又来老朱家了。

老朱如临大敌，全身都处于紧张和戒备状态。

"老师说，你家还有一支笛子，你爸爸在吹。把那支笛子给我用吧。"

老朱朝爸爸叫道："爸，把你那支给他。"

"没有。"一个声音传来。

"啥?"老朱没想到爸爸会抵赖。

"我们家没那玩意儿。"老朱爸爸说,"我从没见过。"

"可是,老师说另一支也在你家。"

"我还给她了。"

不管怎么说,老朱爸爸一口咬定,他没有那支笛子。有时候,大人要是耍起赖来,比孩子还难对付。

老朱看看春草,一副爱莫能助的表情。

春草又失败了,他默默地走回去。

他感觉憋闷,好像有东西在胸口堵着。路过牤牛河时,他想停下来洗把脸,一低头,就在水里看到了自己脸上悲怆的表情。联想到入学以来的遭遇,突然间他爆发了,像发了疯一样乱踢滥打,朝天空吼叫:

"凭什么他有,我就没有?"

"有什么了不起!"

"我长大后努力工作!"

"挣好多钱!"

"把全世界的所有乐器都买下来!"

春草的朋友"蒙古王"

又有孩子来报名了，是春草鼓励他来报名的。

一个高个儿少年叉开脚站在那儿，仿佛一根直抵云霄的梁柱："老师，我要学唱歌！"听这说话的气势，仿佛不收下他，他就要打人似的。

这个孩子绰号"蒙古王"，是个蒙古族孩子，一年前辍学，之后就在山上放羊，一进屋就有股浓烈的羊膻味飘过来。我问他为什么想参加乐队，他说他放羊的时候需要喊羊，大家都说他声音特别响亮。我让他喊一下，他就喊了起来。说实话，他的声音确实高，但走调得让人心惊肉跳。

"太难听了。"有孩子评价道。

"是啊！"其他孩子也这样说。

"蒙古王"朝那些说话的孩子怒目而视，看样子就要上去打人了。"老师，我唱得很好的！"他为自己辩解。孩子们发出了哄笑声。我朝他们看过去，笑声马上止住了，只有一两声零星

的笑声，就像火堆被灭掉后蹿出的火星。

我告诉"蒙古王"，很遗憾，我不能收下他。尽管我努力安慰，"蒙古王"还是很生气，走前狠狠摔了下门。

"他唱得太差了。"

"他不行。"

"就是！"

孩子们议论纷纷，看法一致。

"蒙古王"走出去时，有两个伙伴在那儿等着他，正是春草和他的弟弟今来。他们和"蒙古王"是好朋友。"蒙古王"走到他们面前站住，低头看着自己的脚。他的鞋尖处有个破洞，一根脏脏的脚指头在破洞处探头探脑。

"我看，我还是回家放羊吧。"

说完，"蒙古王"大步走开，每走一步，脚下就飘起一阵尘土。春草无奈地望着他的背影。

寂静中，"蒙古王"走在林荫路上，听着鸟鸣，穿过草地，对周围的一切视而不见。就这样一直走了很远，他才停下来，然后，长长地叹了口气。

在米阿，有些人家由于家境困难，又看不到读书的好处，让孩子们辍学也是常事。"蒙古王"家里养了三十多只羊，当时他还在上学，一天，妈妈来学校给他请假，说家里的羊丢了一只，让他去找。从那以后，他就再也没来上过学。老师曾经找过他一次，发现他的父母在山坡上搭了一个羊圈，"蒙古王"夜里就睡在羊圈里。

"蒙古王"自己从来没觉得这样有多苦，他已经习惯了。

第二天早上，"蒙古王"从羊圈里爬起来，从草帽的破洞里捡出一两根稻草，然后把草帽扣在头上，动身上山。当羊群散开吃草，他一个人面对整个山谷时，他想起了报名的事。

他真觉得自己唱得挺好的，为什么老师不肯收下他？是不是嫌他长得太高、生得太丑？自卑和愤怒升上他的心头。

"不收就不收，有啥了不起！就是你们用八抬大轿请我，老子我也不去了！等老子长大了，自己出去闯！"

说罢，他又对着山谷唱起歌来："哎嗨哟——哟咿哟——"

一位放羊人路过，问他："你这么喊叫，不累吗？"

"我不是在喊叫，我是在唱歌！""蒙古王"朝他吼。

放羊人什么也没说，摇摇头，挥着鞭子走开了。

"蒙古王"虽然嘴上说不稀罕去辅导班，但他没事还是喜欢来看看。

一天，他来的时候，正好遇上一群孩子在取笑某个人。"蒙古王"以为人家在说他的坏话，过去就给了其中一个孩子一个"黑眼圈"，那孩子哭着走了。

虽然打人解了气，但他每次想起被讥笑这件事，还是会难受一阵子。

旁听生

- - - - - - - - - - -

因为贫困和交通不便，许多米阿人一辈子都没离开过大山，山里上了年纪的人每天都无所事事地闲坐在门口、墙根、树下打发时间，任时光从身边流走，任生命慢慢地枯萎，终其一生都不为人知。现在，人们有了新的可以消遣的地方，山坡上的小教室成了他们的聚集之地。他们的到来使我的房间内外飘满了劣质旱烟的辛辣味，浓烈得即使是一个老烟民把鼻子埋在被子里也能过足烟瘾。我想让他们不要抽烟，但无论如何都开不了口。

由于离得近，房东也经常趿拉着鞋来小乐队看一看。我们上课，他就坐在树下摇扇子，一手夹着旱烟，边抽烟边吐痰边和人聊天，聊的内容多是他小时候有多聪明，现在遗传到了儿子身上，说的时候，眼睛就跟随着小锁。

"这小子就是贪玩，不爱学习，他要是想学习，谁都不如他！不是我吹，真的。"他得意地对周围人说，又大声朝我喊："小岚老师，你多提问提问他，他要是不好好学，你就狠狠地打他屁股，我绝对不生气！"

"放心吧，叔叔，我会尽心尽力教他的。"

房东满意地嗯了一声，卷了一支烟，吧嗒吧嗒地抽了两口测试吸力，调试停当之后，划了根火柴，一瞬间，一股呛人的蓝烟便笼罩了他。

有时候我忘了他的存在，正上着课，旁边突然传来一声大喝："把腰挺直喽！你想成个罗锅吗？"吓得我一抖，一瞬间还以为是在吼我呢，连忙把背挺一挺。

有时，房东还会进屋帮我教育孩子们几句，大意是，要他们珍惜机会，好好学习。"狗要不是停下来撒尿，就能逮到兔子。猫要不是停下来捉蝴蝶，就能捉到鱼。"他说。

别说，语言还怪生动的。

在城市的学校，为了不影响师生上课，家长们必须回避，在米阿这里则不一样。学校的规矩不严，家长们甚至可以走进教室和老师拉家常，聊聊庄稼，谈谈收成。何况，这还不是真正的教室，只是课后的辅导班而已。

有一会儿工夫，小锁爸爸的大嗓门消失了，他去喂马了。

"……四条线分两边，中间还有四个点，如在歌中见到它，

请你再来唱一遍——老师刚才说的是什么符号，谁能上前面来写出这个符号？"

孩子们都踮着脚，小手举得老高，嘴里直嚷"我我我"，一幅争先恐后的场面。这时，旁边传来一声霹雳般响的咳嗽，小锁爸爸又回来了。他把一支卷烟放在嘴里点燃，看着我，一副意味深长的表情。于是，我明白了。

"小锁，你来写一下。"

小锁顺利地写出了反复记号。

当天晚上，小锁爸爸坐在院子里跟人们讲起辅导班里发生的事："那个问题别的孩子都不会，全傻在那儿了，只有我儿子会！"

"《每当我走过老师窗前》是一首旋律优美，很抒情感人的儿童歌曲……"

一日，当我讲到这里的时候，忽然间，像给我的声音配音一样，传来响亮的呼噜声："呼噜——嘘——呼噜——嘘——"

循声望去，原来是小锁爸爸在树下睡着了。学生们笑成一团。

小锁爸爸懵懵懂懂一个起身，身体不稳，摔了个四仰八叉，学生们又是一阵大笑。

"哎呀，你看看，我还睡着了……"小锁爸爸不好意思地坐直身子，手里的蒲扇重新摇了起来。

"告诉老师，这首歌唱的是谁？它描写了哪种情感？"

这时，小锁爸爸的声音突然传来："这个你问问我儿子，看他会不会？你问问他。"

"好，小锁同学，请你来回答。"

可惜的是，尽管这次我不断启发，小锁却没能答上来。

小锁爸爸急了："你咋不知道这问题呢？老师不是刚说过吗？你应该会的——老师，我跟你说，这孩子昨晚没睡好，早上起得早，吃的饭也少，头脑有点儿发晕，所以才没答上来……今黑儿你给我早点儿睡，再也不许看电视了！我说了算！"

接着，屋里屋外响起了小锁爸爸的抱怨声。

晚上，小锁爸爸果真不许小锁看电视了，即使演的是他最爱的《西游记》，惹得小锁哭哭啼啼的。

第二天，小锁爸爸收拾妥当，拿上板凳、旱烟、蒲扇和茶水，又来辅导班了。他坐在大树下，坐累了，就躺下吞云吐雾，还把一只脏兮兮的脚丫子架在另一条腿上摇来晃去的。

这个大龄旁听生跟了辅导班好长一段时间才放心地离开。有天我讲完课，下意识地往外面看，树下空空的。没有他在那里，一时间我还不习惯了呢。

找音乐

孩子们很喜欢找音乐这个游戏。

所谓的找音乐，其实就是听觉训练，让学生们用耳朵去听音乐、用心去感知音乐。我告诉孩子们，我们生活在声音的世界中，音乐无处不在，只要我们善于倾听。

我带着孩子们到森林里去倾听。山泉潺潺流动，啄木鸟噔噔敲击，百灵鸟鸣唱，蝉虫合奏，这些声音错落有致，此起彼伏，协奏出一曲极其美妙和谐的森林圆舞曲！而夜幕笼罩下的大地上，千千万万个小生命奏响的，便是大自然的交响乐。

在家中也到处都有音乐：钟表嘀嘀嗒嗒，麻雀叽叽喳喳，水井吱吱扭扭，牛群踢踢踏踏，窗钩吱吱呀呀，小雨瓣里啪啦……

我让孩子们去找音乐，然后把找到的音乐告诉我。

最先找到音乐的是小锁。上次从城里回来后，我送给他妈妈一副珠帘。她把结婚都舍不得用的门帘送给了我，我要回报她一份礼物才是。小锁妈妈很喜欢这副珠帘，当天就挂在了门上。小锁也很喜欢它，故意来回多走了好几趟，只为听帘子叮叮的响声。他说，这珠子相撞的声音就是音乐。我夸奖了他，不用说，是当着他爸爸的面。

马红树也找到了他的音乐。一个雨天，他家的房子漏雨，地上摆满了接雨的盆和桶。傍晚时分，他托腮坐在那里聆听着雨点落下时发出的错落有致的叮咚声，感觉它就像一首钢琴曲。我们为他找到的音乐报以掌声。

黑泥则说，我柔美的嗓音听起来就像音乐。好吧，我承认听到这话我很高兴，但是一定要他再说出另一种。黑泥想了想，说在回家的路上，他听见牤牛河里的青蛙在合唱，声音此起彼伏，青蛙们都是歌唱家。他说得没错，我给予表扬。

最为奇特的是油菜找到的音乐。他说他爸爸放屁能放出高低音阶来。这个结论让孩子们笑得死去活来，给它命名为"最奇特的音乐"。

淘气儿又重新做了一套架子鼓，有了上次的经验，这个比上一个还要棒。这个鼓被安置在学校里，产生了不小的轰动。

这天，淘气儿正在练鼓，打着打着，一首似有若无的旋律开始在他的脑海里萦绕。它不同于任何一种节奏，是从他心里生出来的。那节奏很美，他侧头倾听，妄图捉住它，但它总是倏忽即逝。他静静地坐在那里，想着怎么把这音乐捉住，但是

总也捉不到它。他感觉很苦恼。

"老师，我找到了音乐，它就在我的脑子里，可是当我想捉住它的时候，它就不见了。"

我明白他说的那种情况。

"老师，一首曲子是怎么写出来的？"淘气儿问我。话音刚落，他觉得自己有可能问了一个不该问的问题，不安之下，说话的声音也变成了轻声细语。

"这个问题问得非常好，说明你有创作音乐的欲望。"

"老师！"小蚊子举起手说，"我还写过歌词呢。"

"呸！"淘气儿不屑地说，"你是在梦里写过吧。"

"我写过！"自尊使小蚊子拥有了极大的勇气，她朝淘气儿大喊道。

"拿来给我看看！"我来了兴趣。

小蚊子忸怩了一会儿，红着脸从书包里找出一张纸递给我。

"你打算把它藏到什么时候啊？"我接过来读了一遍，又帮她更正了几处，"你看，这样是不是更好一些？"

我请她在全班同学面前充满感情地朗读一遍。小蚊子说什么也不肯，我一再坚持，最后她同意了。刚开始她读得有点儿呆板，慢慢地，她的声音越来越抑扬顿挫，充满自信：

微风轻抚田野

麦穗微微摇晃

树叶柔声沙沙响

我的双翼张开

飞翔在寂静的山谷

仿佛飞往天堂

……

当她念完的时候，全班同学都沉默着。小蚊子左看右看，一脸窘迫。

"同学们，你们觉得马红叶写得好不好？"我大声问。

"好！"整个班级都吼起来。

小蚊子的脸上绽开了快乐的笑容。

自从得到鼓励和夸奖，她写歌词的劲头更足了。

"小小阳光照进来，照进我家窗户里……"有一次我来上课，发现小蚊子正在当众朗读她新写的歌词。

"你写得不对，阳光不应该是小小的。"油菜打断她，"是一缕。一缕阳光照进来，这样才对。"

"那样写很没趣，我才不要那么写。"小蚊子很倔强。

同学们吵成一团，有的支持，有的反对。

"我同意，小小阳光照进来，照进小小窗户里，这样更好。"有人支持小蚊子。

同学们立刻又吵成一团。孩子们都等着我来做最后的评判。等我走进教室，他们就一拥而上，喊成一片，搞得我根本听不清他们在说什么。

为了鼓励孩子们的创作热情，我许诺，如果有人写出好的歌词，我会为它谱上曲子，作为重点曲目练习，将来会在全村人面前唱出来。所以，有阵子，班里人人热衷写歌词。有人写得不错，其中一首经过我的改写就成了这样：

请不要再约束我

我是个自由的孩子

我要追着风去奔跑

我要在晨露中踏过草原

我要翻越山川与河流

我要寻找那美好的明天

……

发现了孩子们的创造力，我非常欣慰，夜里躺在床上翻来覆去睡不着，总想着如何给新写出的歌词找到合适的曲子。夜半时分，我披衣起来，在凳子上坐下，双手轻轻地按下琴键。

米阿的夜晚

热闹了一天的辅导班，在孩子们散去之后，变得非常寂静。阵风袭来，人家窗里的灯光像是要躲避这风似的，一盏盏地熄掉了，只剩下远方牤牛河闪烁出的光芒。断续传来的乐曲声更衬出了大山的宁静和超然。那一定是孩子们在练习。每天，我都是在这乐曲声中入睡的。

我发现自己不再像从前那么想家了，因为有了这些孩子，有了责任，有了信念，有了追求，我不再孤独。我不知道米阿和孩子们是如何改变我的，也不知道这一切都是从何而起，总之，我变了。

一天，我看到房东在给他家的乳羊断奶，他说，它需要和别的羊一起出去吃草，那一刻，我突然明白了，我不也是如此吗？我也在断奶，在慢慢长大。

农家的鸡起得很早，天还没亮，鸡窝里已经咕咕地闹开了，天刚有点儿亮它们就出了窝。小锁家最大的，也是最漂亮的那

只公鸡总是第一个跳出来，闯入晨光中。它红色的肉冠就像一串火苗儿，脖颈上的羽毛则像五彩的琉璃。它先转转圈儿，展展翅，然后跳上墙头，清脆嘹亮的打鸣声便响起来。这叫声就像闹钟一样，准时叫我起床。

这只公鸡经常来辅导班串门，大家都认识它。有一天，我正在午睡，突然被一阵古怪的感觉弄醒了，睁开眼睛一看，一双粉红色的眼睛映入眼帘，我立刻惊坐起来。原来，这只大公鸡已经在屋子里溜达好几圈了，还毫不客气地拉了一泡屎，这会儿它正站在床上，偏头打量着我。

不上课的日子，我和小锁就在园子中找鸡蛋。有些母鸡不喜欢把蛋下在窝里，而是另有秘密之处。寻找它们，就像复活节寻宝一样。这些鸡蛋有的满是灰尘，有的沾着鸡粪，有的则干净无瑕。每找到一个，我都惊喜得不得了。

一次进鸡窝里捡鸡蛋，我见小锁进去，也一头钻进去，没想到一进鸡舍，便引起一阵骚乱，母鸡们四下乱飞，拼命地拍打翅膀，咯咯乱叫。鸡舍的臭气快让我喘不过气来了。小锁笑了："我忘了鸡屎有多臭了，我早习惯了。"

本以为自己早已融入米阿了，现在看来并不是，比如说，我永远无法忍受鸡粪和大粪的臭味。

米阿小学放暑假期间，我的课后辅导班也放假了。利用这段时间，我回到城市的家。看着温馨的家，简直恍如隔世。从

前，我就是住在这样宽敞的房间里，躺在舒适的床上跟好朋友们煲电话粥；去健身房锻炼，在商场里购物，在高雅整洁的西餐厅里听轻音乐。这一切曾经让我无比愉悦，如今却只像一场梦。

全家人都在提心吊胆地等我回来，他们断定，我在经历了艰苦的山里生活后，肯定糟糕透了。看到我虽然又黑又瘦，但精神状态很好，他们又觉得我是伪装出来的，为的是不让他们难过和担心。

尤其是妈妈，她无法相信我的变化，更不相信我愿意待在那么荒凉的地方，她跟在我后面一直问个不停。什么那里的教室有没有风扇，怎么洗澡，有没有电视机，有没有网络……我告诉她，山谷里的空气非常凉爽，大自然是最棒的空调；牦牛河是最大的澡堂子，而且是免费的。至于电视，我从来没有兴趣看，虽然没有网络，但是借此机会戒除网瘾，也不失为一件好事。

妈妈又问："你一个人在那里感觉寂寞吗？"我说："寂寞刚一露头，很快就被孩子们填满了。夜晚虽然有点儿难熬，但很快就被蛙鸣填满了。蛙声退场后，很快又被鸟叫填满了……"

"你很能安慰自己，看来用不上我们了。"爸爸妈妈终于放心了。

第二天，几个同去支教的同事组织聚会，邀请我参加。等相聚时我才知道，相比其他地方，我所在的米阿小学真的算条件不错的学校了，其他山区小学的艰苦远远超出了我的想象。他们诉说这些的时候，不少女孩子流下了眼泪，气氛很是压抑。

好吧，说点儿美好的吧。我站起来，向众人描述了一个诗情画意的米阿。米阿人的生活很简单：干活，吃饭，睡觉。在米阿，我找到了人类最初的淳朴和真诚。米阿人与世无争，笑口常开，哪怕没什么值得高兴的事。这是我喜欢米阿的主要原因。

我告诉大家，我的小屋矗立在一面青草覆盖的小山坡上，那里鲜花遍开，屋外还生长着一棵粗大的柳树，真是"采菊东篱下，悠然见南山"。同事们立刻心生向往，都说以后有机会一定去看看。

说着说着，我的心里不由得涌上一抹怀念。我望向窗外，牤牛河似乎就在我眼前流过；我闭上双眼，它仍在流淌，河面上闪烁着粼粼波光。

我要回到米阿去。孩子们在等着我，我仿佛看到了他们殷切的眼神。我想看看孩子们，看看我的乐器。想到这儿，我突然觉得在城里一分钟都待不下去了，恨不得马上就走。

于是，我提前一周回到了米阿。

不速之客

开学第一天，一个不速之客突然来到辅导班。

是淘气儿爸爸，他又喝多了，整个院子都飘散着酒味。他摇摇晃晃地站在那儿，命令淘气儿跟他回家。

"我不回家！"淘气儿朝他吼叫，一点儿都不怕他。

我有点儿紧张，不知道接下去会发生什么。

"为啥不回家？"他爸爸叫道。

"我没有家！"

"我不是你爸吗？"

"你不是！"

淘气儿爸爸狠狠地盯着他，眼看着就要破口大骂了，我连忙过去劝说，给他找凳子、倒水。他摇摇晃晃地坐下，低头凝视着草地，瞪着自己破损的鞋子。过了一会儿，他抬起头，呼出一口酒气，说："这小子还这么恨我啊。"

我说："叔叔，其实淘气儿并不是你想的那样，他很惦记你的。"

我跟他讲了一些淘气儿在辅导班的表现。一次，我给淘气儿煮碗面，他端起碗来忽然叹了一口气说："我爸也不知在哪儿，混到饭没有。"还有一次，我去开灯，淘气儿说："我爸爸最喜欢的东西就是灯，灯能让所有东西'嗖'的一下亮起来。"

淘气儿爸爸听到这儿，咧嘴笑了："你说这话我信，只有这小子知道这事。"

"其实，这孩子心里有你，只不过你们平时的关系有点儿紧张，他不喜欢在你面前表现出来。"

淘气儿爸爸这会儿已经平静下来，酒也仿佛醒了，说话的口气温和多了。他说，他很是敬佩我，他觉得我像个将军一样能指挥一切，我的一个眼神儿，一声轻轻的咳嗽，都会令孩子乖乖的，连最难管的淘气儿也如此听话。他很好奇我是怎么做到的，为什么从不打骂孩子，却能让他们如此乖巧？

我对他说，让孩子尊敬你，听你的话，不能用打骂的手段，而是要用爱心。爱就像一面镜子，你对它笑，它也对你笑。如果你真心地爱孩子，即使他很小，也会懂得感恩，也会同样回报你。

淘气儿爸爸走了。"爱就像一面镜子……"他一边嘟囔着，一边慢慢走回家去。他对着家中那块脏兮兮的镜子站定，然后咧开嘴，朝着它笑了。

偷笛子的贼

从夏天开始，一只蟋蟀藏在房子里面，一直跟着我们的小乐队唱到了秋天。这个秋天，我宣布了一个重大的消息：我们要开一场音乐会！用所学到的知识回报学校和父老乡亲。

孩子们兴奋极了，辅导班里的气氛热烈到了顶点。

整个米阿的人都知道了这个好消息。

"蒙古王"和春草也听说了。

这天，"蒙古王"躺在山坡上，雪白的羊群在附近吃草，春草的弟弟今来也躺在草地上，闭着眼睛，好像睡着了。

"今来，你睡了？"

"没有。"

"我想去做一件有意义的事。"

"啥事？"

"走，我带你去。"

"蒙古王"在前面带路，今来在后面一路小跑。当时正值中午，村庄里、田野上全都空空荡荡的，人和牲畜都躲到阴凉地方睡午觉去了。他们飞快地走着，像蛇，像兔子，像鬼影……他们越过山坡，跑过草地，终于蹲到了辅导班的房子后面。

今来不明白为什么要到这里来。辅导班已经放学了，没什么好玩的。

"我们弄出来一个怎么样？""蒙古王"说。

"弄啥？"今来一脸困惑。

"就是偷一个出来。"

今来不吱声了。

"咋啦，说话呀！"

"你疯了！"今来说。

"我是给你哥偷的，我又不想学那个。"

"我哥知道肯定不让。"

"那我们就不告诉他。"

"……"

"你哥最灵，学啥都快，要是有自己的笛子——"

"他很快就会成为最厉害的人。"今来接道。

"说不定，还能和他们一起演出。"

"没准还能当主演。"今来补充道。他被这想象给催眠了，如同真实地看到了那一幕，满意地笑了。今来本是反对偷盗的，但有了这些想象后，忽然之间，"偷一个出来"就变成了全天

下最棒的主意。

"那就动手吧。"今来说。

他们屏息地藏着，生怕门突然被打开，我会从里面走出来，朝他们呵斥，或者我端坐在屋里等着他们，面带轻蔑的笑容。

好在这一切都没有发生。

"蒙古王"舒了口气，酝酿了一下情绪，脱下衣服包住自己的手，一下子就打破了玻璃。清理掉玻璃碎片后，他命令今来钻进去。

"你咋不钻？"

"窗户那么小，我钻得进去吗？"

今来只好硬着头皮钻了进去。

时间一分一秒地过去，长得让"蒙古王"快发疯了，里面却没有丝毫动静。

"快点儿啊！""蒙古王"压低声音说。

今来露面了，双手空空的，什么都没有。

"咋啦？东西呢？"

"没找到！"

"废物！再去找！"

今来重新猫下身子。不久，他终于弄了件东西出来，翻身下了窗台，一声闷响，摔在草丛里。

等我回到辅导班，有孩子跑过来拉住我的衣角，气喘吁吁地说："有人偷……东西了……"

"你说什么？"我抚摩着他的头，有点儿没听清。

"有人偷东西……"

我终于听清了，立刻跑进屋，发现老朱正坐在屋子里，脸上满是灰尘和泪水冲刷过的痕迹。一问才知道，是他的笛子被人偷走了。

在这之前，这支多灾多难的笛子已经遭遇过一次劫难。

那天，老朱走在放学的路上，忽然身后有人叫他的名字，老朱站下，刚回身，一片阴影就笼罩了他。

"放学啦，小子？""蒙古王"朝他咧开嘴。

老朱吓坏了，连"唔"一声都没敢。

"你们小岚老师就是偏心眼儿！你这样一脚踢不出个屁的学生都能收，凭啥不收我？什么小岚老师，我看叫小烂老师还差不多！"

愤怒的老朱拿眼睛瞪着他。

"我骂她了，咋了？她就是烂老师！你要是跟着我说'她是烂老师'，我就放过你，如果你不说，我就打你。"

老朱依然拿眼睛瞪着他。

"说不说？""蒙古王"打了他的头一下，"说不说？"

老朱横下一条心，就是不开口。

"不说是吗？""蒙古王"又打他的头，"不说是吗？"

今来有点儿看不下去了，走过来："不说也行，把笛子借给我们玩几天。"

老朱倏地抬起头看他，有点儿不相信自己的耳朵。

今来又重复了一遍刚才的话："笛子给我们玩几天。"

"唔。"老朱说，这意思是"不"。

"吹一下能咋的？还能吹坏？"

老朱又"唔"了一声，意思是"就不"。

"蒙古王"命令道："给我！"

"唔。"老朱把书包紧抱在怀里，意思是"不给"。

"蒙古王"不由分说，伸手就过来抢。老朱不给，撕扯间，两个人一起摔倒在粪堆上。笛子从书包里滑落出来，掉进了粪堆里。

老朱一生气，使劲儿推了"蒙古王"一把。

"哟嗬？还敢推我？""蒙古王"怒了，一下子推倒老朱，然后使劲儿把笛子往粪堆里踩："让你不给我玩！"

老朱大哭起来，热泪滚下脸颊。有村里人听见哭声就过来看，"蒙古王"见状一溜烟儿地跑了。

等"蒙古王"一走，老朱捡起笛子，却不敢细看，哭声更响了。村里人替他一检查，发现笛子没坏。老朱这才停住哭声，心疼地看上一眼。

自从遭遇抢笛子事件后，老朱不再随身携带它，而是把它留在辅导班里，没想到这样一来，反倒被人偷走了。要知道，他可是乐队的主角，到时候要穿上雪白的衬衫、笔挺的裤子，站在众人面前表演呢。

那天夜里，当老朱醒来的时候，枕头是湿的。他在睡梦中哭醒了。

队长马红树听说了这件事，看到老朱哭红的眼睛，咬牙切齿地说："我一定要找出是谁干的！到时候饶不了他！"

洞穴里的笛声

当"蒙古王"把笛子送给春草时，春草高兴极了，拿起来狂吹一阵。吹着吹着，他把笛子拿下来左看右看，脸色越来越凝重："'蒙古王'！"

"啥？""蒙古王"和今来担心地对望一眼。

"这笛子你是怎么弄来的？和老朱那支很像。"

"笛子长得都差不多。"

"你要告诉我实话，不然我一吹，人家顺着声音找来，我会

挨骂的。”

"蒙古王"不作声了。是啊，笛子一响，半个村子都能听到，怎么能不露馅呢？他下手偷时可没想到这点。

"是我偷的。""蒙古王"承认了。

春草大怒，上去给了"蒙古王"一拳："你是世界上最大的傻瓜！你的脑袋让虫子给吃了？"

"我还不是为了你？""蒙古王"说。

"我不稀罕你为了我做坏事！"

"你要是不高兴，我就把它送回去。"

春草不作声了，摩挲着手里的宝贝。

"我就知道你舍不得。""蒙古王"得意地笑了。

春草不敢在家里吹，"蒙古王"告诉他一个隐蔽的地方。

春草领着今来来到一个山洞前，洞口黑黢黢的，周围野草丛生。今来不敢进，春草却大胆地走了进去。经年的蛛网被他一张张撞开。今来只好也跟进去。

"哥，你要吹多久？我跟人家约好了要去河里捉鱼呢。"

"就一会儿。"春草说完，郑重地把笛子横在嘴边，开始吹起来。

刚开始，他低声地吹着，轻得几乎听不见声音，后来，他的胆子越来越大，越吹越用力，笛声在洞穴里回荡，忽高忽低，忽短忽长。

他闭着眼忘情地吹着，仿佛自己正站在广阔的舞台上，台下的观众们充满惊喜地仰望着他。等他终于停下来，发现今来不知何时在旁边睡着了，春草脱下外衣给他盖上。

今来睁眼醒来时，哥哥还在吹笛子。今来感觉饥肠辘辘，身上寒冷僵硬，他坐起来："哥，几点了？"

"不知道。可能到中午了吧。"

"哥，我饿了。"

"再等会儿，马上就好。"

"哥，别吹了，回家吧。"

"好吧。"春草收起笛子，和弟弟走出去。

洞穴里很凉爽，但是一到洞外，空气立刻热起来，而且是那种劈头盖脸、无处不在的热。兄弟俩默默地走着，听着蝉鸣。春草走在前面，今来跟着他，好半天才小声问："哥，明天我不跟你来了，行吗？"

"嗯。"

"你自己一个人能行吗？"

"下次我带哼哼来。"

哼哼是他们养的狗。

今来怕春草犯病，不管哥哥去哪，他都要跟着。但是他真的不想听吹笛子了，他对那东西一点儿都不感兴趣，何况哥哥又吹得不怎么好听。春草理解弟弟，再去洞穴时，他没叫上弟

弟，只带上了哼哼。

哼哼一路跟着春草来到洞穴。春草找块石头坐下，拍拍自己的腿，示意哼哼过来。哼哼乖乖地跑来坐下。但是春草一吹笛子，它就害怕地跑开，朝他叫个不停，怎么哄都不行。春草真想找块抹布把它的嘴堵上。

"滚出去，滚！"春草一怒之下，把狗赶了出去。

油菜刚好正在这座山上玩。忽然听到传来一阵狗叫声，还有若有若无的笛声。他停下脚步，凝神细听。突然间，他明白了什么，撒腿开始狂奔。他冲下山坡，越过灌木，穿过草地，跑得大汗淋漓。

"我知道笛子在哪儿了！"一进辅导班，他便大声喊道。

"在哪儿？"马红树抓住他的肩。

"有个山洞，有人藏在那儿吹！"

"太好了！我们去把他揪出来！"马红树说道，"伙伴们，咱们走！"

大家一呼百应，一致决定，要给偷笛子的贼一点儿颜色看看，要狠狠地教训他一顿。

油菜带领大家寻着笛声找到了那个隐蔽的山洞，大家立刻包围了它。里面的笛声仍旧断断续续地响着。

等春草吹完，伸了个懒腰，忽然听见洞口处传来人声，而且是很多人的声音。糟了！春草在洞里尽可能缩成一团，在黑暗中屏住呼吸，身体因为害怕而完全僵住了。

"偷笛子的贼，出来！"外面的人开始叫骂，还往洞里扔石头，"再不出来，我们就进去了！"

"进去把你抓出来游街示众！你这个可耻的贼！"

担心的事终于发生了。春草确信自己完蛋了。

此刻，今来正朝山洞的方向走来，他是来给哥哥送饭的。看到洞口喧闹一片，有一堆人围着，他脑袋嗡的一声响，没一丝犹豫，转身就往回跑。他气喘吁吁地找到正在放羊的"蒙古王"。

"快！他们发现山洞了……"

"蒙古王"闻听，扔下羊群就跑。今来又跟着他往回跑。

"他们怎么知道的？""蒙古王"边跑边问。

"我咋知道？"

"你跟谁说过吗？"

"没有！"

"那他们是怎么知道的？"

"我咋知道？"

乐队的人已经将偷笛子的贼团团围住，春草是没有任何机会逃脱的。他刚准备束手就擒，就听远方传来一嗓子："我看谁敢动！"

包括马红树在内的所有孩子都吃了一惊。

"蒙古王"虎虎生风地跑过来，边跑边从地上捡起一块大石头。光那块石头的个头儿看着就够吓人的。要知道，"蒙古王"可不是好惹的，他是个大力士，扛起一只羊就如同抓起一个书包般轻松。他打起架来勇猛无比，永不退缩，山里的孩子没有不怕他的。春草有抽风病，本就没人敢动他，何况"蒙古王"又是他的好朋友。见此情景，乐队的人只好让开一条路，眼睁睁地看着"蒙古王"救走了春草。

大家无功而返，回到辅导班，马红树什么都干不下去，光坐在那里生气。眼睁睁地看着坏人被救走，作为队长，他觉得自己丢尽了脸。更可气的是，一个偷东西的贼竟然耀武扬威、理直气壮，这也太嚣张，太不把大家放在眼里了吧！

"不行，我不能就这么算了！"马红树站起来，"一定要讨个公道，我豁出去了！"

"我也去！"油菜也站起来。

"我！"小锁也表态。

"我！我！我……"许多人都跟着站起来。

看见大家的态度，马红树更有信心了："咱们这些人还打不过他一个？我不信！今天，咱们就让"蒙古王"那小子跪地求饶！"

空中举起无数个拳头表示支持。大家都说，"蒙古王"一定以为自己安全了，大家回头杀他个措手不及，肯定能顺利地讨回笛子。

大家聚集起来，浩浩荡荡地朝春草家进发，带着一股团结的力量，一种同舟共济的精神，雄赳赳气昂昂地走着，那气势宛如去攻占城堡的战士。

春草家的房子靠近一段宽阔干涸的满是鹅卵石的河床，众人走到春草家门外，每人弯腰捡起一块鹅卵石，马红树喊"一二三"，大家一起投了出去，石块如暴风雨般乒乒乓乓地砸中春草家的玻璃，玻璃哗啦啦全碎了。

屋内的今来吓得跳起来，躲在哥哥身后。

"又来了！""蒙古王"瞪起一双牛眼，"我要干掉他们！"他刚想往外冲，春草一把拉住他："不行！"

"有啥不行？我一个人就能对付他们！"

"你不能去，他们不敢打我，我有病，如果他们敢动手，我就抽给他们看。"

"万一你真抽了怎么办？"

"不会的！"

"不行！"

两个人争执起来，撕扯在一起，像打架一样噼里扑通的。今来吓得放声大哭。"蒙古王"将春草塞在后厦里，拿镐把门顶上。

"哭个屁！屎蛋玩意儿！""蒙古王"朝今来喝道。他脸上

的表情专注、坚毅。之后，他深吸了一口气，将屋门打开，走了出去。

严厉的惩罚

蝉在酷暑中高一声低一声地聒噪，山坡上弥漫着一种令人不安的气氛。

孩子们排成一排站在山坡上。

我顺着队列行走，走过第一个孩子，走过第二个孩子⋯⋯我在第四个孩子面前突然停住脚步。孩子们全都一动不动，他们每个人脸上都不同程度地挂了彩。

我继续走。第六个孩子是马红树，他拿仅有的一只眼睛坚定地迎向我。第七个孩子不肯抬头，只看着自己的脚。

我回到队列中间，众人寂然无声。马红树仍旧高昂着头，衣衫随风翻飞，独眼闪闪放光。脑门上因受了伤还贴着一块纱布，但他显得很自豪，好像那是一枚勋章似的。的确，当他带领队伍得胜归来时，整个班级像欢迎英雄那样欢迎他。

经过一场惊心动魄的拼死搏斗，他们终于打赢了"蒙古王"，将他压在地上。马红树用胳膊勒住了"蒙古王"的脖子，命令"蒙古王"求饶，但"蒙古王"说啥也不求饶。马红树就一直不放手。

"你被打败了，从此你不再是一个神话！"马红树对"蒙古王"说。

"呸，有能力单挑！""蒙古王"说，"一群人都上来算啥本事！"

正僵持不下时，房门呼地开了，今来满脸泪痕地走出来，手里举着那支笛子："拿去吧！你们放开他！拿去吧！"

"为什么砸人家的玻璃，还打人？"我质问马红树，"你们有没有想过，你们是乐队的成员，如果你们惹事，我也逃脱不了责任！"

马红树不屈地昂着头，眼睛里流露出一种战士般的目光。

我决定等一会儿再处罚他。

"黑泥，你为什么这么做？你一向是个乖孩子。"

黑泥吸了一下鼻涕："他偷拿人家笛子不给，影响别人练习。他是坏家伙！"

其实黑泥并没有参与打架，但他还是站在了人群里，他宁愿挨罚也要成为他们中的一员，这让他觉得骄傲。

"不管怎么说，你们也不能使用暴力，有问题老师会处理的，轮不上你们来教训人家。"

"校长才不管这种小事。"马红树嘀咕了一句。

"你的意思是我多管闲事？"我生气了，"马红树，你作为乐队的队长，不但不制止同学们打架，还带头去闹事，从今天起，你被撤职了。队长要重新评选！"

一听这话，马红树很受伤，比挨打还难受。他朝我咆哮道："为啥光说我？我主持正义有啥错？春草偷东西你咋不说他？"

同时，对于我的批评，他又愤怒又委屈，竟掉下泪来。

"我会找春草谈的！你作为乐队的队员，只要在我这学习一天，我就有权管你！你们学习音乐的同时也不要忘了提升自己的品德，否则，就算你们成了大音乐家，但人品不行，谁又能尊重你们？"

然后，我给出了处罚决定。

"为了让你们深刻反省一下，我宣布：这次的演出取消了。"

大家面面相觑，不知所措。黑泥听到这话，顿时号啕大哭，仿佛世界末日一般。他本来就怕日思夜想的音乐会出差错，整个神经已经相当脆弱，如今，他最怕的事情到底还是发生了。

"取消就取消！谁稀罕！"马红树拎起书包往肩上一搭，不等我发出解散的口令，扭身就走，"我还不稀罕待在这破乐队里呢！"

他气冲冲地回到家，一句话也不说，一直把自己关在房间

里。

小蚊子为哥哥打架和顶撞老师的行为感到难堪："都是你惹的祸。干吗去打人？音乐会开不成了，都怪你！"她对着房门喊道。

"我愿意！"屋子里传出一声吼，之后再无声息。

我宣布解散后，孩子们陆续离开辅导班，只剩下黑泥还站在那里，闭着眼，仰脸朝天地哭个不停，时不时地拿手背蹭下鼻涕。

我狠下心来，就是不理他。

黑泥是个有名的爱哭鬼，稍不如愿就会号啕大哭，要是他愿意的话，会一直哭，泪水会流成一条河。

后来，我口气缓和下来，劝他不要哭，要把力气留下来做重要的事，不管音乐会开不开，琴还是要练的。黑泥不听，只管哭。如果我不尽力安抚他的情绪，我相信他会站在原地哭上一整天。

"好吧，你告诉老师，你知错了吗？"

"知……错……了……"

"知错就好。音乐会的事老师会再想一想，没准儿还会按时开的。不过，这是个秘密，只有你知道，好不好？现在，你先回家去练琴。"

黑泥的哭声小了，变成了抽泣，他点点头，满意地走了。

自从宣布取消音乐会后，大家都拉长着脸，就像谁欠他们钱似的。小蚊子拒绝跟哥哥说话。马红树尽管摆出一副没有受影响的样子，但从他那不时地偷瞄妹妹的眼神儿和不自然的举止里，看得出他是在装模作样。

辅导班好一阵子都没上课和排练了，但是学校的音乐课还是要正常进行的。这天，我刚上课没多久，发现有人在教室门口探头探脑，细看，竟是马红树。

教室里的每个人，包括我，都看着他。

马红树已经辍学，不再属于学校的学生，他来教室很让人吃惊。

"我找小蚊子。"他支吾着说。

全班人都笑了起来，我嘘了一声，示意大家安静，也给马红树留点自尊。大家都知道是怎么回事，他假装来找妹妹，实际上是来听课的。

"好，你找个位置坐下吧。有事下课再跟你妹妹说。"

话音还没落，马红树立刻溜进屋，找个位置坐下了，这急巴巴的动作又引起了一片笑声。

小锁在办公室里写作业。他抄了别人的作业，老师罚他抄二十遍。听到音乐课上传来的笑声，他坐立难安，举起了手。

"什么事？"老师问。

"老师，我要厕屎。"

"憋着。"

"憋不住了。"他弄出一副如果不马上去就会屙在裤子里的表情，老师只好同意了。

他出了办公室直奔教室，坐回自己的座位，立刻把挨罚的事抛到了九霄云外。老师左等右等不见他回来，出来找，发现他坐在教室里，叹口气，摇摇头走开了。

春草有好久都没到辅导班上课了，在学校里遇到同学，他也不敢正眼看人家，有谁看他，他就把视线移开。他觉得"小偷"两个字就刻在他的脑门上。

有一天，他遇到了老朱。当老朱迎面朝他走来的时候，他站在那儿，双臂垂着，等着某件事情发生。但是老朱和他擦身而过，什么事也没发生。

其实，他希望老朱狠狠地骂自己一顿。

我能感受到春草的羞愧和悔恨。我的心情也不好过。我去找他，他正在家门前一块石头上坐着，吹着自己的小木笛，直到我在他身边坐下来他也没动一下。

春草吹得尽心尽力，仿佛那是世界绝响。等到太阳收起了最后一丝光芒，春草才停下来。在那之后很长一段时间里，这幢房子里再没有传出过一个音符。

同一天夜里，一轮月亮洁白、饱满，把老朱家那片草原照得很亮，老朱走出去，面对空山坐下，拿出笛子吹起来。这个夜晚静谧宜人，仿佛万物都在聆听。一个抱着布娃娃的小女孩儿站在他的背后，静静地望着他。

米阿下雨了

我很自责，如果当初对春草多一些关心，多一些安慰，早为他弄到属于自己的笛子，春草就不会这么做了。我带头向所有同学做了检讨，请大家原谅春草，不要伤害一个热爱音乐的孩子。

"没有人是完美的，我们都是普通人，都会犯错误，只要能认识到自己的错误就好，相信大家一定会原谅春草，因为我们都有一颗宽容善良的心。"

我让春草当面向大家鞠躬道歉。

大家都说可以原谅春草。但是，他们表示，绝不原谅"蒙古王"。

为了感谢大家的宽容和友爱，我宣布了一个好消息：音乐会照常举办，时间就定在一星期后。教室里一片欢腾。这个好

消息冲散了连日来笼罩在孩子们头上的阴云，教室里重新充满了阳光。

音乐会举办的地点就设在学校院内。在演出临近的日子，每个孩子都不辞辛苦，又是修理桌椅，又是布置会场。女生们负责吹气球，采摘野花，擦玻璃，打扫卫生。院子里的鸡和猪全都被赶走，围墙豁口被石头堵死，房顶和地面的杂草都处理得一根不剩。学校一扫从前的邋遢面貌，变得前所未有的干净和漂亮。

我的课后辅导班里也一片忙碌。我们做着各项计划，安排每一个演出步骤，马红树虽然没被"恢复原职"，但他毫不含糊地挑起了所有重担。他就像消防员，总是出现在最需要的地方。

一块黑板被立到院子中央，用彩色粉笔写了几个大字：森林音乐会！空白处还画了一大群展翅飞翔的白鸽。

山里许多年都没有这么重要的事情发生了，整个米阿都在关注着我们的音乐会。

房东热情洋溢的大嗓门儿经常在院子里回荡，他主动帮我做各种计划，指挥孩子们做这做那。他做这些的时候怀着一种骄傲之情，因为我是住在他家里的。由于这个原因，不管他走到哪儿，老是被米阿人截住，询问音乐会的进展情况。于是，房东就摆出一副深知内情又故作神秘的模样，半个字都不肯透露给别人。

演出的日子离得越近，孩子们越是兴奋。

音乐会正式演出的前一天晚上，大家差不多都失眠了。

淘气儿担心自己敲鼓时缺乏胆量，偷着拿来爸爸的酒喝了一口。这是淘气儿第一次喝酒。他永远都不会忘记那种感觉，喉咙在灼烧，肚子就像一个火盆，他发誓永远都不会再喝第二口。

黑泥怕睡得太死会迟到，为了让自己保持清醒，他爬出被窝吃了好几口辣椒，第二天一早嘴巴都肿了，吃不下饭。妈妈摸着他的脑门："你的脑袋热得都快着火啦。"

演出前，油菜怕上台唱歌没力气，一个人吃了两碗小山一样高的米饭，撑得肚皮都快爆炸了。

更糟糕的是，下雨了。巨大的霹雳在天空响起，天空变得如夜晚一般漆黑，接着电闪雷鸣，倾盆而下的雨水将一切瞬间浇湿，学校的院子变成了一个泥塘，黄土路成了一条泥浆河。

大雨下了一个小时后终于停了，米阿已经如同一片沼泽。

我们都傻了。老天爷，您真会开玩笑！明天我们可是要演出的！现在，地面都是烂泥，就算有太阳出来晒一晒，路面也很难在短时间内变干变硬。这样的天气，这样的学校，这样的米阿，还有人愿意来看演出吗？

孩子们愣着神，我也在发呆。

就在这时，我们从窗户看见一个佝偻的身影走过来，是老

校长。他手里提着一把铁锹，站在院子里。

"下雨就没法了？所有人都拿起家伙，跟我来！咱们把路给它垫干垫平！绝不能让我们尊贵的客人滑倒！"

还没等我反应过来，身边的男生一跃而起，速度之快令我瞠目结舌。接着，各个教室的门纷纷打开，一群人呼喊着跑出去，拿上铁锹和扫帚倾巢而出。

女人们来了，孩子们来了，整个米阿都行动起来了！众人又叫又嚷，紧紧追随在校长身后，就像一群羔羊紧紧追随着牧羊人。所有人都投入道路抢修工作中，个个精气神儿十足，热火朝天。大批沙子、碎砖头、土石、干草和柴火铺在村口到学校的必经之路上。从上午一直忙到半夜，每个人都变成了泥人。

我也没闲着，吩咐身边的孩子们把附近商店的所有塑料袋都买下来，不够就挨家挨户收集。

"你家有塑料袋吗？"孩子们问。"要塑料袋干什么？""下雨了，给进村看演出的人套在脚上。"人们闻听，纷纷四处翻找，有的人追出来，扬着手里的袋子喊："这儿还有一个！"

我是这样计划的：第一批人守在村口，向每个进村的客人送上塑料袋；第二批人守在学校门口，向不小心沾了泥巴的客人送上清水和毛巾。我们还在每个坑洼道路旁安排了人，专门负责帮助有可能陷进去的车辆。

道路抢修完毕，人们一抬头，迎面伫立着一座泥塑，用勉强称得上是眼睛的凹洞看向大家，样子就像做到一半的雕像。虽然外表认不出来，但人们听出了那声音，是老校长。

"这回好多了，客人们不会受委屈了。"校长满意地说。

立刻，周围响起了热烈的掌声。

有人在学校的院子里燃起了火堆，据说这样能让地面干得更快些。一片密密麻麻的火星呼啦一下升到空中，发出耀眼的亮光，又变成灰落下来，轻轻地落在人们的头发上、衣服上。

米阿音乐会

米阿人永远忘不了那个周末。村里一下子拥进十多辆车，上面坐着各级领导和其他学校的老师。他们都说这样的天气经常遇到，但从没有哪个地方像米阿人这样细致和周到，这让他们很受感动。

虽然刚下过雨，但没影响人们的心情，附近十里八村的人都停下手里的活计赶来了，人数大大超过了预期的。每个人都想占据理想位置，现场嘈杂一片。人人引颈企盼，个个议论纷

纷。乐队整装待命，乐器在轻声试音，负责报幕的女孩子紧张地压抑着咳嗽。

孩子们为客人献上鲜花。校长主持会议并作了发言，与会领导们也陆续发言。最后，我也有一个简短的讲话，为此，我特意换上了一件新买的连衣裙。我说："我一直怀揣着一个梦想，希望能组建一个属于自己的乐队。但是，这个梦想因为米阿而发生了改变。当我遇到米阿的孩子，望着他们的眼睛，我突然觉得，与孩子们的未来相比，个人的梦想无足挂齿。现在，我更在意的是，如何帮助米阿的孩子实现他们的梦想。我想要给米阿的孩子一双翅膀，让他们在理想的天空自由翱翔，飞越米阿，飞向全国，飞向世界！"

在热烈的掌声中，我在电子琴前坐下来。激动人心的时刻到来了，孩子们都在等待着。

"米阿小学森林音乐会，现在开始！"

台上台下响起一片热烈的掌声和欢呼声。

队员们拿着乐器排队上场。队伍呈阶梯形排列，个子最小的黑泥带头走在最前头。然而在临上台时，他却站住了，后面的人莫名其妙，只好也跟着站住。

黑泥有个习惯动作，在进教室前总是先站下，用力提一下裤子再走进去，现在，由于抱着手风琴，他只好做了个扭胯的动作，算是已经提过裤子，之后才接着往前走，队伍也跟上他往前走。

黑泥的父母在台下相视而笑，眼睛里盈满了泪水。

孩子们排好队站在台上，挺着胸膛，一脸庄重。马红树身子笔直，看上去比平时要高大许多；淘气儿表情庄严而骄傲，像个正在被首长检阅的士兵。孩子们尽量表现得平静，但是神情难掩激动，因为，那是他们有生以来最闪耀的一天啊！

台下的小锁爸爸用一双大手在嘴边括成喇叭状，无所顾忌地朝台上大喊："儿子，咱要把胸挺起来！对！就这样！"

记者们扛上笨重的机器，像是在准备发射火箭一样。当镜头对准孩子们时，黑泥忽然间有点儿害怕，他们会不会真的发射一枚炮弹过来？

演出前，孩子们很怕自己会搞砸，但当演出真正开始的时候，他们把什么都忘了，一改原先的腼腆，变得从容镇定。这种情况连他们自己都没想到。

第一个节目是大合唱《国歌》和《我们是共产主义接班人》，第二个节目是女生小合唱《让我们荡起双桨》。

接着，油菜出场，他的节目是吉他弹唱《小草》。油菜站在那里，整个人仿佛在阳光下闪闪发光。

"看到了吗？看到了吗？"油菜的妈妈一边叫，一边用胳膊肘使劲儿顶油菜爸爸的腰，"咱儿子！"

"以为我没长眼睛吗？"油菜的爸爸说，"别捶我了，再捶，

我的肋骨就断啦。"

现在轮到老朱了。

"下面请听笛子独奏《中国少年先锋队队歌》。演奏者，朱吉来。"报幕员说。

听到儿子的名字，老朱爸爸站起来使劲儿鼓掌，乱喊滥叫，后面的人不得不强行把他按到座位上。

老朱吹得不慌不忙，充分发挥了平时的水平。

老朱表演之后，是马氏兄妹的《虫儿飞》。这首歌是我专门为小蚊子准备的，也是音乐会的重头戏。

马红树打扮得又帅又酷，马红叶穿上了新裙子，还在头发上插了朵花。当马红叶望向我时，我朝她竖起大拇指。

黑黑的天空低垂

亮亮的繁星相随

虫儿飞

虫儿飞

你在思念谁

天上的星星流泪

地上的玫瑰枯萎

冷风吹

冷风吹

只要有你陪

虫儿飞

花儿睡

一双又一对才美

不怕天黑

只怕心碎

不管累不累

也不管东南西北

小蚊子清脆而忧伤的声音刚一响起，就获得了观众热烈的掌声。小蚊子的妈妈热泪盈眶。爸爸安慰她：“别哭啦，你看，孩子有出息，你应该高兴啊。”妈妈不承认，回嘴道：“谁哭啦？我才没有！”

每个人上台表演，摄影记者都会跑到他们面前，快门咔嚓作响。他们一会儿后退，一会儿半蹲，为了寻找各种角度，在舞台上不停地走来走去。这让乐队成员觉得特有面子、特荣耀，腰背挺得更直，表情更为神气了。

演出开始不久，淘气儿爸爸蹑手蹑脚地溜进院子，悄然坐在离舞台较远的位置，朝台上张望。淘气儿顾不上注意台下，

他的架子鼓一直在配合演奏。他猛烈地击打着鼓，简直就是一个愤怒的鼓手。槌子一下又一下，仿佛打消了淘气儿爸爸的气焰似的，让他觉得自己一下比一下矮。不得不承认，淘气儿的鼓打得又帅又好看，观众们连连称赞。

在音乐会闭幕之前，淘气儿爸爸提前返家。他一路上走得很慢。一条小路，蜿蜒着消失在绿荫中。淘气儿爸爸就顺着这条小路慢慢走去，直到消失。

演出花絮

演出结束后，观众们大叫着冲上来，乐队的孩子们瞬间就被人群淹没了。

不得不承认，演出虽然非常成功，但也有让人意外的不和谐之音。

花絮一：憋尿事件。

演出间隙，我发现队伍中的节子有些异常，脸色有点儿难看，额上的汗珠越来越多，两只脚不安地颠来颠去。原来，早饭时他多喝了几杯水，等演出到中场，他已经憋不住了，要是音乐会结束得再晚点儿，他一定会尿裤子。最后一个节目一结束，他就撒腿狂奔，引得观众们一阵大笑。到了拐角的僻静处，他解开裤带，随着一声长长的叹息，他感觉自己似乎把整条牤牛河的河水都尿出来了。

花絮二：臭屁事件。

节目进行到一半时，淘气儿由于早上忘了大便，憋不住，放了个平生最响最臭的屁，他身后的一个男生立刻两眼发直，想用手扇空气，又担心影响演出形象，就尽力憋住气，直憋得满脸通红。演出结束后，他立刻朝淘气儿冲过去，要不是大家拉住他，他肯定会狠狠揍淘气儿一顿。事后，大家极尽想象和言辞描述那个屁，说所有观众都听到了，因为它响得像门小钢炮开炮。虽然淘气儿连声抗议，结果只引得大家更加开心。

花絮三：我们的节目上报纸了！

淘气儿做的架子鼓上报纸了！标题是《锅碗瓢盆制乐器，农家娃娃了不起》，还配有照片。解说词里说：米阿的孩子们用自己制造的乐器，演绎了一个传奇。米阿人奔走相告，骄傲得不得了。

花絮四：小锁的爸爸生气了。

演出结束后，小锁的爸爸满腔怒火地找到我，他嗓音洪亮，吼得地动山摇："小岚老师，你为啥让我儿子最后一个演出？

凭啥校长的亲戚就第一个上？"

我耐心地跟他解释，把小锁放在后面是为了整体演出效果，绝不是有意的安排。

小锁在一边怒吼道："爸！别说了！"

"我房子给你住着，吃的喝的哪样没管你？你就这样报答我?!"

"爸！别说了！"

"人不能没良心啊……"

"爸，我一辈子都不理你！"小锁说完，掉头就走。小锁爸爸去追儿子。我看着他的背影，真不知道该怎么和他解释。

接下来的一段时间，房东开始对每一个来串门的亲朋好友一遍又一遍地讲，怎么照顾我，怎么陪我聊天，还讲到坏掉的保险盒，讲到新门帘，讲到送我的青菜，为我拎的水，甚至讲到亲手为我挖的那个茅坑……而我却忘恩负义，把他多才多艺的儿子安排在最后演出，这大大地影响了儿子的名气，因为演出到最后，记者们都拍累了，没拍到他儿子。

"我就知道，"最后他总结出这样的结论，"我们家不及校长家有权有钱，可小岚老师也不应该这么干！她可是有文化有素质的人哪！"末了还要加上一句，"人呢，有时候真不像外表看到的那样！"

是啊，有时候，人真的不像外表看到的那样——从前我还以为房东是个心胸多么宽阔的人呢！

他和校长家的关系也不和睦了。以前，他家的地和校长家的地紧挨在一起，闲暇之余，两块地的主人经常坐在一起聊天，现在，这种事不会有了，小锁爸爸一看见校长家的人，收拾起农具就走。

我正为这事不安，想着怎么跟他解释，没想到不久后，他主动来和我道歉了。

"小岚老师，是我不对！我头脑发昏，乱说话。你看，我儿子现在不跟我说话了，这还不算，他还不吃饭。你帮我劝劝他吧……"

花絮五：孩子们的新理想。

演出结束后，大家仍像往常一样出去排练，由马红树带队，大家排队前进，齐声唱着歌。

马红树的脸上挂着灿烂的笑容。当他回忆起演出那天的盛况时，这笑容更深了。记者们的摄像机跟着他转，机器发出轻微的动听的响声，这一幕，马红树都已经回忆过一百遍了，可每次想起时，还像第一次时那么幸福。

马红树有一种特别的感觉，好像自己已经脱离了以前的生活，完全被一种全新的空气包围着，一种新的向往就像一道阳光照亮了他的心。也许自己将来会成为一位音乐家！他想象着自己正走上那灿烂的舞台，灯光耀眼夺目，台下掌声雷动，他

的名字会登到报纸上，校长会当众宣布这个消息，说不定还会赠予他一块大大的奖牌。那时，爸爸妈妈该多么自豪和激动啊！

他凭着想象，将一幕幕荣耀的景象加以扩展，不由得心潮起伏，热血沸腾，脸上绽开微笑，泛起红晕来。

淘气儿爸爸变古怪了

淘气儿走在街上，突然听到了一个非常熟悉的却令人毛骨悚然的声音："淘气儿！"他朝声音传来的方向一看，是爸爸。

自打上次自己被打逃跑以后，爷俩儿好久没见面了。为了避开爸爸，淘气儿常常兜一个大圈子，故意不走爸爸经常晃悠的地方，免得和他撞见。当淘气儿不得不经过爸爸身边时，也总是尽最大的努力把自己遮掩起来。

"淘气儿！"爸爸又叫了。

淘气儿的笑容消失了，站在原地，像只被吓坏了的兔子一样望着爸爸。他看着爸爸的眼睛，想看清里面有什么危险。但是，今天，爸爸的表情很古怪，一时没法分辨吉凶。

"过来。"爸爸命令道。

淘气儿狐疑不决，小心翼翼地蹭过去，随时准备拔腿逃跑，同时，他在心里快速回忆着自己最近做过的坏事，甚至是从前做过的坏事。

"淘气儿啊……"爸爸一副难以开口的样子。

其实，这位当爸爸的本想夸一夸儿子，但他并不擅长这样做。自儿子出生以来，他从没夸过，让他夸儿子似乎比登天都难。最终，他还是放弃了，命令道："没事了，滚吧。"

淘气儿得到赦令，一溜烟跑了，不时回头看看爸爸有没有追来。

"这臭小子。"淘气儿的爸爸对着儿子的背影喊道。

这晚，淘气儿鼓起勇气回家，发现爸爸和平时一样坐在那里，拿眼瞪着他，但是，这眼神还是像白天那样，有点儿怪怪的。

淘气儿仍旧拿捏不准爸爸是怎么了，就装作若无其事地干这干那，也不看爸爸。别看他不看爸爸，但只要稍有不对，他可以马上逃走。这是他常年练就的本事。

"鼓打得好哇，小子。"良久之后，爸爸终于说话了。

淘气儿看着爸爸，不敢确定这是夸奖还是讽刺，或是挑起事端的前奏。

"哪天，给你爹我打一回听听。"爸爸说。

"你说啥？"淘气儿从爸爸的表情上分辨了一会儿，觉得这

不像是故意找碴儿，可又不敢轻信，一时不知所措。

其实，淘气儿爸爸只是想夸奖一下儿子，但他不知道夸奖的话该怎么说，说出来的口气也像是嘲讽。

"我是说，哪天给你爹我打一回听听。"爸爸又说。

"嗯。"淘气儿低头答应道。

从家里出来，淘气儿自顾自地在石头上坐下来，脸上荡漾着微笑。

"鼓打得好哇，小子。哪天，给你爹我打一回听听。"他一直回忆这句话，想尽力弄清楚这句话的含义。他就像个探矿者一样执着地挖掘和分析着。油菜叫了他两次，他转头看油菜，脸上仍然带着朦胧的微笑，仿佛在做梦。

"你咋了？"油菜诧异地问他。

"我爸说我了。"

"说啥了？"

"就是那些屁话。"

"啥话？"

淘气儿羞涩地一笑："就是那些屁话。"

虽然嘴上这样说，其实他心里觉得那并不是"屁话"，而是赞许。那是他生活中从未有过的东西，一种崭新的东西，是黑暗天边的第一道曙光。他多么希望这道曙光越来越亮堂啊！

自那以后，淘气儿爸爸变得越来越古怪了。从前，淘气儿爸爸酒后不知去哪里逛悠，这回他有了新的地方，他竟然到辅导班里来了。

他的到来引起学生们一阵骚动，也激起了淘气儿的反感和愤怒："你来这里干吗？"

"小子，我就坐一会儿，碍你啥事？"

"你喝醉的样子难看，别吓着我们老师。"

"你这话说的，我有那么难看吗？"

"有！你老难看了。"

"我不说话，就老实儿待着还不行？"

"那也不行，你回家去！"

"哟嗬！小子，敢命令我啦？"

我连忙上前安抚他们爷俩儿，并给淘气儿爸爸倒水："淘气儿，你爸爸待在哪里都没关系，只要不影响大家学习就好。你去打鼓，不要管了。"

淘气儿愤愤地瞪了爸爸一眼就去练习了。此后每隔一会儿，他就朝爸爸瞪上一眼。

不管淘气儿高兴不高兴，淘气儿爸爸依然每天醉醺醺地来辅导班闲坐，时间长了，淘气儿也不生气了，索性由他去。有时，淘气儿知道爸爸就坐在外面，却懒得看一眼。

见没人理自己，淘气儿爸爸就跟我搭话："小岚老师啊，我还是不明白，你到底对淘气儿施了什么法术，让他那么听话，

还会打鼓？这孩子从来都不听我的话。"

我对他说："其实淘气儿这孩子一点儿都不坏，他调皮只是因为精力旺盛而已，这样的孩子往往非常聪明，如果对一件事情感兴趣，没准儿比别人更为执着，瞧他打鼓的样子，多帅啊！你不觉得吗？"

淘气儿爸爸嘿嘿地笑了。

借此机会，我和他深入地探讨了打孩子的问题，我希望他多关心一下淘气儿，因为儿子是他唯一的亲人。我说了好多，淘气儿的爸爸连连点头称是。

有天晚上，淘气儿爸爸破天荒地没喝酒，而且居然给了淘气儿一块钱，让他去买好吃的。从前，哪怕爸爸只有一天是清醒的，淘气儿也会高兴得不得了。现在不但清醒着，而且还给了他钱，这样的好事连过年的时候都没有啊！淘气儿高兴得发了狂，举着那枚硬币跑出来，逢人就拿给人看。硬币在阳光下闪闪发光。

再来辅导班，淘气儿爸爸似乎理直气壮了一些，大咧咧地坐在树下。

一天，训练的时间长了点儿，淘气儿有点儿累了，就趴在桌子上睡着了。他爸爸又来了。我给他找了个凳子，他坐下来，点着一袋烟来抽。一袋烟后，淘气儿还是没醒，天上又飘起了雨，淘气儿爸爸坐不住了，起身回家。

"我会告诉他，你来过。"我对他说。

"不用不用不用。"淘气儿爸爸连连摆手，摇晃着走远了。

节子爸爸的辛苦旅程

"节子。"

节子睡得正香的时候，听到有人在轻轻地叫他。他又觉得自己好像是在做梦。他尽力睁开睡眼，只见月光下，有个人朝他龇着一口白森森的牙，吓得他一下子坐了起来。

原来是爸爸！

爸爸已经盯着梦中的节子看了好久。他端详着儿子睡梦中的脸庞，心情很矛盾，既盼他醒，又怕他醒，后来还是忍不住叫了一声。这一叫，坏事了。

"爸，你吓死我了！"节子说完，竟呜呜地哭了起来。

爸爸急忙把节子抱在怀里，像一个犯错误的孩子般解释着："节子，不怕不怕，是爸不好，是爸不好。"

节子把哭声憋在嗓子眼儿里，头埋进爸爸胸膛，眼泪顺着

脸颊流下来，浸湿了爸爸的手。爸爸低声安抚着节子，一遍又一遍，疼爱和愧疚也让他流下泪来："乖啊，没事了，不怕不怕。"

爸爸抱着节子晃悠了好一会儿。慢慢地，节子又睡着了。

爸爸轻轻地放下他，叹了一口气。

音乐会之前，节子给爸爸打电话，让他回家观看，这成了节子爸爸人生中最重要的一件事，他答应儿子一定会去看，为此，他还特意向工地请了假，买了车票。眼看回家的日子就要到了，可是却下起大雨来，而且下个不停。他乘坐的中巴一路颠簸，走走停停，快到客运站时，水太深了，已经没过了车厢，实在前进不了啦。没办法，节子爸爸只好下车步行。当他走进客运站时，果然传来了坏消息，由于洪水暴发，客车停运了。

节子爸爸蹲在候车室外面抽了两支烟，当他直起身后，把烟头朝垃圾桶里一扔，往大雨中走去。

清晨时分，一个晃动的小黑点出现在遥远的地平线上。在薄雾中，看不清那个人的身子，只有两条腿。那个人不像是在行走，更像是在蠕动。他就这样走了一天，前面的山还是那么遥远，但是他仍然倔强地走着，穿过野地，走过河滩，蹚过小河……

这个人就是节子爸爸。

他要步行回家。

节子爸爸接连走了两天两夜，困了累了就在树荫下打个盹儿，醒来喝点水接着走。太阳毫不吝惜地炙烤着大地。道路荒凉，沿途没有人烟，也没有遇到一个旅伴，唯一活跃的是阵阵的山风。慢慢地，暮色降临，月亮在他身后的群山上升起。

终于，节子爸爸走上了家乡的路，熟悉的场景让他重新充满力量。离家还有十几里路时，食物和水都没了，节子爸爸饿得头晕目眩，只好坐下来休息。他想睡觉。但是如果躺下去，可能很难再爬起来。半晌，他从脚下捡了块带尖的石子紧紧攥在手心里，石子的尖端深深刺入掌心，靠着这股疼痛，他让自己一路保持清醒，终于走到了家门口。

此时已是深夜，到底没能赶上音乐会，节子爸爸非常难过。但是从节子妈妈激动的描述中，他多少得到了一些安慰。他一遍遍地问着音乐会的细节，一遍遍地傻笑，幸福极了。

为了庆祝儿子演出成功，节子的父母张罗着请客，请了不少亲戚邻居，并且隆重地邀请了我。我欣然前往，夫妻俩迎出来老远。节子妈妈腿有残疾，她一边跛行，一边滔滔不绝地跟我说话，又琐碎又热情。节子因为我的来临而高兴万分，围着我直跳。几张饭桌摆在院子里，每张桌上都摆着：芹菜炒粉丝，韭菜炒鸡蛋，尖椒炒土豆丝，凉拌菜和柿子汤。主食是白菜馅的饺子。对于贫困的山里人来说，这可是一顿丰盛的大餐啊！

那晚，窗子和门都开着，迎接夜晚的和风，寂静中传来狗的叫声。一群人聊着，笑着，高兴得忘记了时间。那天是节子最为幸福的一天。

北风的影展

这次音乐会，北风帮了我的大忙。除了为全场演出摄影之外，他还有个特别的任务——当向导，领着城里来的老师们到处转一转、玩一玩。他比任何人都要了解这座山谷，而且特别擅长描述自然的美。

尽管能够胜任这个任务，北风还是做了精心的准备：刀子、水、塑料袋、照相机、手电筒和药物等都被他收入背包，背在身上。那天，他头上戴着一个花环，翠绿的树叶围绕着他的头发，就像王冠，他满像那么回事儿似的走在大家前面，一路上热情地介绍：

"你们看，这棵大树虽然枯死了，但还是有用的，因为用不了多久，上面会长出油绿的苔藓、蕨草和蘑菇。一种东西死了，就会给其他东西带来机会。在森林里，样样东西都有用。"

老师们频频点头赞叹，都说听到的这些知识比教科书上的内容生动多了。

在树林中，北风教人们辨别野鸡发出的声音的含义，从动物留下的脚印里，判断是什么动物刚刚走过去。他还带人们去看蜂巢，它就藏在一棵古老的树桩里……

那天的导游非常成功，老师们纷纷抢着和他拍照留念。

我的心中充满了骄傲！

音乐会之前，我托家人把北风拍摄的照片全都洗出来寄给我，然后腾出一间空屋子，和孩子们一起用绳子将照片挂在四面墙壁上。当看到整个房间被装饰得如此漂亮时，所有人都自豪极了！

音乐会刚结束，客人们就被邀请来参观了。我想借媒体都在的机会宣传一下这个了不起的孩子。

大家一张张地看着照片，很是认真。其中有张照片，是一位老人手握拐杖坐在门前，双眼茫然地凝视着远方。一位老师眼里有了泪，说照片上的人很像他的老妈妈，她几天前去世了。

大家啧啧赞叹，纷纷拿出手机和相机拍照留念，记者们果真采访了北风。镜头里的北风显得落落大方，侃侃而谈，完全不像他在家里的样子。在镜头对准他的刹那，北风四处寻找爸爸，却没有发现他。他很是失望。

摄影展几乎像音乐会一样轰动。可惜的是，北风爸爸没能来看演出，他一直在地里忙着活计。他是一个勤劳的人，在他看来，一个正儿八经过日子的人就要正儿八经地去劳动才行，

去看小孩子的演出，简直可笑至极！

影展之前，我曾经去找他，想和他谈谈，希望他支持自己的儿子。刚走进院子，就听见一阵骂声从屋里传出来："当初生下你，就该把你淹死在牤牛河里！"

听到他这样骂北风，我被激怒了，再也无法容忍，一直憋在心里的话脱口而出："叔叔，您怎么能这么骂自己的孩子呢？这有多难听您知道吗？这么说对孩子有多大的心理伤害您知道吗？"

我朝他吼，还哭了个稀里哗啦的，好像被骂的人是我。被这怒火鼓动着，我告诉他，北风对于乐队甚至是整个学校的意义非常重大，请他不要再这样辱骂孩子，因为北风并不仅仅属于他，也属于整个米阿。

我也知道这样吼不对，他毕竟是个长辈，但我没法控制自己。

见我激动的样子，北风爸爸并没有发火，他喝着茶，抽着烟，听着我吼，缓缓地挠着脖子，除此之外，什么也没说。

影展期间，北风不时地偷偷朝山路上望着。爸爸还是没有来。北风对这个结果早有心理准备，以为自己并不当回事，其实不然。

"他可能是生病了，他昨天就有点儿感冒。"他说。

"没关系，影展要办好几天呢，你爸爸什么时候来都可以。"我安慰他。

"可今天来看影展的人最多。"北风说。他希望这一盛况能被他的爸爸亲眼看见。

时间在一分一秒地流逝，夕阳已经逐渐偏向西方，为了能化解眼前的尴尬局面，我说出了一句连自己都无法想象的话："你们……谁要喝茶？"

"茶？"孩子们瞪大眼睛，他们的脑袋无法抑制地短路了。

是啊，孩子们是从不喝茶的，我这是怎么了？

其实，北风爸爸早从山上回来了，这会儿就待在院子里抽烟呢，狗在他的脚边打盹儿，时不时地竖起耳朵，阵阵微风在它的皮毛上荡漾。后来，北风爸爸扔掉了烟头，撑着腿站了起来。

北风妈妈回来，以为北风爸爸在，刚想说话，发现屋里屋外都是空的——人不见了。

当北风不再翘首期盼的时候，远方终于有个身影慢慢地朝学校的方向走来了。

第一个发现的孩子站了起来，抻长脖子眺望着，慢慢地，那个黑点清晰起来——"是北风爸爸！"他叫道。

"真的是他！"

"他来了！"

孩子们议论纷纷。

北风不想让人看到他的眼泪，就狠狠地瞅着别处，眼睛眨都不眨，可泪水还是不听话地在他的眼睛里聚集。虽然刚一流

出来就被他抹掉了，但我还是看到了。

抓蝎子行动

慢慢地，我们的乐队已能掌握《欢乐进行曲》《运动员进行曲》，国歌、校歌、队歌等几十首进行曲，参加校内外活动几十次。歌曲也由简单的合唱变为二声部、四声部合唱，水平上了一个台阶。我们的学员越来越多，而乐器越发稀少，争夺乐器的矛盾越来越严重。

一天，我刚进学校，就听到争吵声，吵架的人互不相让，原来孩子们因为抢乐器打了起来，家长们也来声援自己的孩子，吵得鸡飞狗跳，还扯上了生活中的矛盾。

"你家人都霸道惯了，连孩子也跟着不讲理，还没轮到他练，凭什么要跟我们抢？觉得我们好欺负是吧？"

看见我，两家人一拥而上，将我包围起来："小岚老师，你给评评理……"

乐器缺乏迫在眉睫，必须解决这个问题。看见我犯愁的样子，孩子们也替我愁。

油菜有个本事，他很擅长抓蝎子。这些蝎子能卖好多钱。他喜欢向人展示自己的战果，只见罐子里的蝎子集成一团，他挑一只大个儿的夹出来，用手捏着蝎子的尾巴伸到别人面前，得意地说："看看，最多的时候我一只手捏四只呢。"

这天，油菜边走边玩，突然间，一个闪电般的念头浮现在他的脑海里。他突然变得目光闪闪，仿佛周围都被他眼里的光芒照亮了。

"我有一个好办法！"他立刻把自己的计划告诉了马红树和队员们，"我们所有人一起抓蝎子，集中在一起卖钱。五百块钱一斤，抓到两斤，就能买一件乐器！"

大家都说这点子有点儿疯狂，不过真的很划算，于是，油菜得到了所有同学的支持。但是油菜不放心，因为上次打架一事，他仍然心有余悸。

"你们要发誓，绝不能跟老师说这件事。光发誓不行，这次我们得滴血为盟。"

孩子们不干了："我不滴血，我保证不说就是了。"

"我不信！"

"爱信不信！反正我们就去抓，你也管不了我们。山又不是你们家的，蝎子也不是你们家的！"

孩子们说完，转身就走。

"算了算了。"马红树说，"谁也别滴血了，有那工夫教大家怎么抓吧！"

油菜用了一上午时间指导大家如何捉蝎子：为防被蜇到，手绝不能接触蝎子，只能用筷子。下手一定要快，看准目标后，筷子对准蝎子立刻夹住，不然蝎子会逃走。但是不要用力过猛，不然会直接把蝎子夹烂。

同学们各自准备了工具，群情激昂、浩浩荡荡地朝蝎子山走去，踏出的每一步都激起了苜蓿的清香。

一场抓蝎子行动开始了。

到了目的地，孩子们立刻分散在山上各个角落，开始工作。力气大的人负责掀石头，有经验的负责抓，女孩子们负责提罐子，站在较远的地方。

油菜满头大汗地掀开一块石头，让一个女生帮忙瞧瞧底下有没有蝎子。一掀开石头，长期生活在潮湿泥土里的虫子，因突然暴露在阳光和热浪下而疯狂地扭动着身躯。

"有三条蚰蜒，一只蜘蛛，一只壁虎，都逃了……"

"让你看有没有蝎子，你说那么多废话干啥？女孩子就是笨！"稍后，油菜咬牙瞪眼、手脚并用搬起另一块大石头，喊道："看看有没有？别说废话！"

"没有！"这次倒是简单又干脆。

油菜扔下石头。

过了不久，女生不肯当配角了，非要自己抓不可。但是她找蝎子的能力太差了，总是捡小块的石头掀，油菜不止一次地告诉她，那些石头下连蚰蜒都不会钻，她还是充耳不闻。油菜看着就生气，不和她一组了。

那边马红树也没啥收获，好容易用筷子夹到一只小的，提罐子的小蚊子不知道跑哪儿去了，他四下里寻找，发现她正在山花里奔跑着追蝴蝶。马红树气得不知说什么才好。

突然，黑泥大叫起来。大家以为他被蜇到了，都跑去看，黑泥竟然捉到了一只超大个儿的蝎子！这家伙足有大人的手掌那么长，就连油菜也从来没捉到过这么大个儿的。

黑泥年纪最小，又从来没捉过蝎子，竟然捉到了一只最大的，这让孩子们很是嫉妒，都企图把那只蝎子描述得小一些，到最后单听他们说，你会以为它比蚂蚁大不了多少呢。但如果是他们自己捉到一只小蝎子时，却是越描绘越大，最后形容得几乎有整只鞋子那么长了。黑泥为此愤愤不平。

到了下午，年纪小的孩子已经没力气了，有的手被剌伤了，还有的不小心踢到了脚指头，下山时一瘸一拐的。这时，有人提议唱歌，立刻得到响应。一路上，他们把学到的所有歌都唱了一遍，一刻都不停。每个人都觉得这一天过得太有意义了。

我听说这事后却吓得魂飞魄散，立即召集大家紧急集合，狠狠地批评了他们。万一被蜇到怎么办？山里缺医少药，会出大事的！一想到那惊险的一幕，我的心都快揪成一团了。我狠狠地训了油菜，他顺从地低着头。但是我有个预感，他不会听我的话，他还是会去的。

到底该怎么办呢？经过苦思冥想，我终于有了一个办法。

我写了几千字的教学经历，配上电视台的视频，并将北风拍摄的照片粘贴在了教育网、校园网、公益网和各个贴吧、微博和微信上面，呼吁人们关注生活在贫困山区里的孩子，向社会募集乐器和教学用具。文章引起了强烈反响，深受感染的人把这篇文章转载到了各大网站，爱心人士积极响应。没过多久，捐赠物资络绎不绝地寄到学校，大大超出了我们需要的数目。校长为源源不断的捐赠物资感到惶惑，吩咐所有教师放下手头工作，去处理来自四面八方的教学物资。

春草的笛子

第一批乐器进山的那天，是个风和日丽的天气，一辆小货车轰鸣着，沿着尘土飞扬的道路向米阿小学驶来。

节子正在树下堆沙堡。村外的某个地方，一辆车正在爬坡，隆隆的马达声传了过来。听见车子的声音，节子预感到发生了什么不寻常的事情。他站起身子观察着，接着，便急速奔出院子，奔向田间的小路。他拐上大路时，车正在沿河行驶，当车子经过土路时，留下一股尘埃，如同云雾一般。只要再跑快一点儿就可以追上那辆车了，然而车子还是把节子抛到了灰尘里。

他不甘心，顺着车轮印一直追下去。

拉着乐器的汽车在山路上刚一露头，孩子们立刻欢呼雀跃地迎向前去。春草冲在最前面，他的心跳得飞快，整个身体都在发抖，希望的光辉罩在他的脸上。这么久以来，春草第一次有了笑容。

节子站在那里，睁大了双眼看着人们从他身边跑过去。此时，米阿简直像过节一样热闹和喜庆。

汽车卸下乐器之后走了，留下一山坡的东西。孩子们安静地围着它们，仿佛它们是失散已久的亲人。

我取出了一支包装好的笛子，递给春草："春草，你终于有自己的笛子了。"

春草先是看看我的脸，然后望着周围的人，仿佛我们在联合起来骗他。

"拿着呀，这是给你自己用的！"

他没有接笛子，转身冲向水井舀水洗了手，才跑回来拿。

他小心翼翼地捧着笛子，像是捧着圣物一样虔诚。

春草小心翼翼地拆去乐器上的包装，像是替伤口拆线般谨慎，经过好长时间，他终于取出了笛子，先是欣赏了一会儿，鼻子贴在上面深深吸了一口气，仿佛那味道是世界上最美妙的气味。他吹了几声试音，然后点点头，心满意足地贴在胸膛上。

"我得为笛子缝一个袋子。"他说。

"没问题。"我说。

"还要有个穗子。我妈会帮我做的。"

"可以，你想怎么打扮它都行！"

淘气儿也有了自己的新架子鼓。它就摆放在地中间，散发着高贵美丽的光芒。同学们围着它打转，淘气儿连着几次大声吼着，要大家不要碰它。他发誓要用自己的整个生命去保护它。

回到家，淘气儿对爸爸说："要是能把鼓拿回家来练就好了。有的同学就能拿乐器回家，偏偏我不能。因为咱家没有地方放它。"

"是啊。"

"得有一个专门放鼓的屋子！"

"就把它放在我这屋吧！"

"那不行！"淘气儿说，"得放在西屋，还要上锁。"

"就放这屋能咋的？"

"要是你喝多了，再给我踹了咋办？"

"我再也不那么干啦！"爸爸说，"碎了我也赔不起啊。"

"那也不放你这屋。"淘气儿说，"而且我也要搬到西屋去住。"

"你爱咋折腾都中！我不管。"

淘气儿进西屋看了看，里头又狭小又杂乱，他开始动手清理。就是山里人结婚或者最重要的日子也不会如此大费周章。淘气儿搬动杂物时，屋内灰尘弥漫，呛得他连连咳嗽。爸爸打开窗户，想让屋子通通风。

"别开窗户！"淘气儿斥责道，"小偷看见我的鼓咋办！"

"知道啦。"爸爸说完，又给关上了。

"老朱的笛子都被偷了！"

"咱这儿还有这种人？"

"当然。记住，不许到这屋里来，也不许开我的窗子！"淘气儿说，"这间房就是我的藏宝室。"

爷俩儿这样说着，好像心爱的架子鼓已经放在了家里似的。

那天晚上，他就睡在西屋，心里想着心爱的架子鼓放进西屋的情景，慢慢地进入了梦乡。

要去城里演出啦

这年秋天，小乐队要到几百里外的城里去参加演出。

听到这个消息，孩子们沸腾了，兴奋的同时又有担忧。兴奋的是，自己终于能坐上大客车去城里看看了；担忧的是，自己的表演能让城里人喜欢吗？

大家叽叽喳喳地议论起来。

油菜说："那些爱美的城里人才不会看咱们这些土包子一眼呢。到时候，好容易轮到咱们上台了，大家没准儿会退场呢。"

"也没准儿会瞥我们一眼，但那一眼，肯定消失得比流星还快。"有人说。

马红树说："别瞎说！我们没那么糟。"

有人问马红树要不要戴个墨镜。"不戴！"马红树很干脆地说，"我又不是去参加选美比赛，我是去唱歌，我不嫌丢人！"

女生们都说，虽然不是去选美，但还是要穿得干净整洁一些，这样，米阿乐队才会有面子。

"怎么样，你们得出了什么结论？"一番讨论过后，我问。

孩子们争先恐后地发言：

"老师，我们什么都不怕！"

"虽然我们是山里的孩子，但是我们要证明，我们并不比城里的孩子差！"

"说得正确！"我把拳头举到空中，"我们无所畏惧！"

"无所畏惧！"孩子们齐声说道，小拳头都举在空中。

"给我一双翅膀，我就能够翱翔蓝天！"我说。

"翱翔蓝天！"孩子们随着我说。声音之大，山谷外都能听到。

这天黄昏，淘气儿又坐在了屋顶上。

最近几天，淘气儿心事重重。要去城里演出，他有压力，怕演不好。这时候，他就上到房顶，坐在那里看着全村的景色，这会让他感觉好过一些。

"下来，让人看见，以为我又打你了呢！"爸爸在下面叫。

"不。我在这上面心里好受点儿。"

"一个小屁孩子，有啥不好受的？"

"我怕打不好鼓。"淘气儿说。

"怕啥呀，你就像在家里一样，可劲儿捶，就挺好听的！"

"真的？"

"我骗你干啥！"爸爸说完，话题一转，"要是你进城，万一遇到你妈……"

"城市那么大，我才遇不到她！"没等爸爸说完，淘气儿就打断了他。

"狗屁孩子，我不是说'万一'嘛！"

"没有'万一'！"

"你又惹我生气啦，再惹我，我就上去揍你一顿！"

"你上来呀！"

"你以为我上不去？"

……

为了满足孩子们的心愿，我向城里的同学和同事求助，请求他们发动大家，为山区的孩子捐赠演出衣物，立刻得到响应，很多人都寄来了自己家的旧衣物，我派人去邮局取，拉回来满满三马车。这样一来，小乐队的每个学生都能得到好几套演出服呢！

孩子们的新衣服

油菜得到了T恤衫和牛仔裤。换好后，整个人焕然一新，让他喜不自胜。

从前，每当他长个儿或者掉牙的时候，家人心里高兴，嘴上却不肯说好听的，总是嘲弄和挖苦，说他看起来就像"老要饭"的儿子，像长腿蜘蛛。这次，他换上漂亮干净的新衣服，家人免不了又要捉弄他一番。

他往人前一站，果然，妈妈说话了，一副阴阳怪气的腔调："穿得再漂亮有啥用？到时候你肯定害怕得不敢唱！"

"我才不会害怕！"油菜怒了。

"你会，你还会吓得尿裤子！"姐姐说，"你小时候一害怕就尿裤子。"

在场的亲友和邻居都哈哈大笑。

"我才不会那样！"油菜吼道。被妈妈和亲友们这样羞辱，他的眼里涌出了泪水。见此情景，大家更是笑弯了腰。

在新衣服没到来之前，淘气儿一筹莫展。

他从来没有一件像样的衣服，脚上穿的鞋子更烂，一走路就发出啪哒啪哒的声音，如果他没有新衣服和新鞋子，会给乐队丢脸的。他可不想这样。

当我交给他一套新衣服时，淘气儿没接，他看看自己的身子，一转身跑了出去。他跑到牤牛河边，脱光衣服跳了进去，把自己洗了个干干净净，然后光着身子只穿条内裤回来，从前的又脏又旧的衣服被他扔在了河边。

淘气儿穿上干净的衣服，头发也梳理得整整齐齐的，然后朝镜子走去。配合着他的步子，屋里的挂钟发出缓慢、庄严的声音。当淘气儿看到镜子里的自己时，吃了一惊："这是我吗？"

"丑小鸭变成了白天鹅！"我笑道。

"我这是在大白天做梦！"淘气儿用一只手朝另一只手的手背上用力掐了一下，立刻疼得龇牙咧嘴的，"是真的！"

看着镜子里的自己，他粲然一笑。

"要是我爸看到我现在的样子，准会认不出呢！"

不穿裤衩的黑泥

平时，黑泥不管穿成什么样，父母都不会有任何看法，他们对新衣服没概念，原则上只要不露屁股就行，就算儿子穿着内裤上学，他们也不会多说什么。

听说演出用的衣服到了，黑泥第一时间跑到辅导班里，向我请求，给他分一身新衣服。

"你真的需要吗？"我说，"反正你身上都是泥，像是穿了迷彩服一样。"

他羞赧地笑了。

我给他选了一套，帮他穿上。

"这衣服领口太小了，我脑袋塞不进去。"黑泥叫道。

"领扣还没解开呢，傻孩子！"

"这裤子穿着不得劲儿。"

"你穿反了，傻孩子！"

经过一番折腾，黑泥终于穿戴妥当，站好，请我检阅。

黑泥平时穿衣服喜欢把裤子提得高高的，几乎提到了腋下，上身就显得很短小。他认为这样穿很好看。为了纠正他这点，我颇费了一番口舌。我刚把黑泥的裤子给拽下来一点儿，一转身，他又给提上去了，我发现了又给拉下来，不一会儿，他又给提上去了，我一生气，把裤子整个儿拉到了脚下，黑泥就光着屁股站在那里了。

孩子们见状大笑不止。

"黑泥，你连裤衩都不穿吗？"我问。

"谁穿那玩意儿啊，我从来不穿，勒屁股。"

"那可不行，你大便完了不擦屁股，会蹭到裤子上的，赶快脱下来吧。"

"我去穿还不行吗？！"

黑泥忙跑回家，翻到爸爸的一个大裤衩穿上。裤衩穿在他身上飘飘荡荡的，腰太肥，他就打了个结系紧。他这副滑稽的样子把我笑得差点儿没晕过去。

衣服终于穿好了，黑泥兴奋地对着镜子照来照去，他对自己很满意。新衣服促使他拿出一副一本正经的模样，庄重了许多。

衣服虽新，但上面都是褶子。我端个杯子，嘴巴含上一口水，噗噗地朝衣服上喷去，喷得湿漉漉的，然后把衣服叠齐、捋平，嘱咐黑泥睡觉时要压在枕头下。

　　黑泥像捧宝贝一样把叠得整整齐齐的衣服捧回家，找了个枕头压在上面，嫌重量不够，自己又坐在枕头上。晚饭他也是坐在枕头上吃的，不管家里人怎么骂他，他就是不肯下来。夜里他睡不好，多次悄悄掀起枕头看衣服压得怎么样了。

　　在这之前，没人比黑泥更不注重穿衣打扮了，现在，他一天到晚担心他的衣服，生怕出差错。他捧着那身衣服，放在柜子里最干净的地方，还一再嘱咐爸妈不要碰。

　　一天，黑泥没忍住，把新衣服拿出来穿在身上，静静地坐在大门前，头脑里痴痴地编织着一些美丽的梦想。

　　突然，有人在他的肩膀上拍了一下。黑泥转过身，只看到一个肚子，他顺着肚子向上看——"蒙古王"！

　　"小子，穿得不错呀！快看看啊，""蒙古王"对跟在他后面的今来说，"看他这样子。"

　　"我穿衣服管你啥事？"黑泥反问。

　　"就你这脏鬼，穿新衣服都浪费了。你又脏又臭，还不如我家的羊味道好。"

　　"我愿意！你管得着吗？"黑泥说。

　　"别得意了，我听说你们老师不让你参加演出了。"

　　"呸！你编瞎话！"

　　"大家都说你是埋汰鬼，会给乐队丢人的，你们老师就说不让你参加了，是不是，今来？"

今来也配合他："对，我亲耳听到的！"

"呸！我才不信！"虽然这么说，但黑泥已经快要相信了。

"你去问问不就知道了！"今来扬起了下巴，一副不容置疑的样子。

两个人走了，留下黑泥垂头丧气地坐在那里。

确实，黑泥从来没有干净的时候，他身上仿佛带着半个村子的土，好像每时每刻都在土里打滚一般，连鼻孔和腋窝里也有。他的头发仿佛是用泥巴粘在了一起。他还爱流鼻涕，从来都不擦，就任由它拖在鼻子下面。有时我看不过去，就亲自动手为他清理一下，可是你刚为他擦干净，下一秒钟他就来了个大喷嚏，再抬起头来，尺长的鼻涕又悬在鼻头，折射着阳光。

黑泥的脸像是生来就没洗过似的，你简直可以像揭树皮一样把那层污泥给揭下来。他从来不觉得洗脸有什么必要，一块干巴巴的毛巾在脸上、身上来回搓，热辣辣的多疼啊！每次妈妈给他洗脸都非常辛苦。妈妈擦左边，他往右，妈妈擦右边，他又向左，甚至跑来跑去地躲藏。妈妈捉不到他也就放弃了。黑泥的手背和胳膊上都覆盖着一层厚厚的"黑树皮"，这就是妈妈放弃给他洗澡的最好的证明。

这个坏消息给了黑泥巨大的打击，他抽抽搭搭地哭起来，大颗大颗的眼泪掉在手背上，手背湿漉漉的，他就往裤子上蹭一下。黑泥就这样一边哭，一边往裤子上蹭泪水。当他注意到

自己的手时，忽然间止住了哭声，像是受了什么启发似的，他一下子跳起来，飞快地跑回家。

等到妈妈从山上回家，惊讶地发现院子中央摆放了一堆东西——脸盆、毛巾和一块肥皂。黑泥对着凳子上的脸盆，大大地叉开两腿，撸胳膊挽袖子，喷着鼻子，运足了情绪，似乎要大干一场。

这是一个非同寻常的仪式——黑泥要把自己从里到外洗个干净。

春草的好主意

马红树去辅导班领新衣服，在半路上遇到了"蒙古王"和今来。

"呸！"蒙古王一看见他，就朝地上啐了一口，"有啥了不起！"

马红树刚想冲上去，转念一想，不能打架。要是把脸打得青一块紫一块的，参加演出就难看了，想到这儿，他立刻收了气势，忍气吞声地走了。

等到了辅导班，他发现已经来了不少人，都在试穿寄来的衣服，他也一头扎进人堆里。

"女孩子们都过来，你们个个都有裙子穿。"我叫道。

女孩子们欢呼起来。

在一堆衣服里，我发现了一抹红色，那是一条红底碎花连衣裙，有着荷叶边和灯笼袖，非常漂亮，而且还是崭新的呢！

"马红叶，来。"我叫小蚊子过来，然后抖开那条裙子，裙子像一朵花一样散开。"穿上它。"

这条连衣裙穿在马红叶身上很完美，在我的夸奖下，她捂着嘴不好意思地笑了。小蚊子一笑就喜欢用手捂嘴。我拉开她的手，告诉她，你的牙齿和笑容完全不用藏起来，因为它们很漂亮，藏起来太可惜了。小蚊子点点头，放下手，此后，她一直控制着捂嘴的动作。

穿了新衣服的孩子们神气活现的，说话声音都比平时大了许多。有的为了显示潇洒还故意敞着怀。在一片吵闹声中，我发现刚刚试穿了新衣服的节子不见了。

"节子呢？"我问。

"他害羞，躲到外面去了。"有人说。

我叹了口气。

在喧闹中，春草一直独坐一边默默地看着别人换衣服，身

影显得孤单又冷清。

只有参加演出的同学才能换新衣服，春草不会唱歌，也没学会吹笛子，是没资格去的。

他默默地走出去，消失在草地的尽头。

"蒙古王"在山上放羊，春草陪在一边。

"他们去城里演出，我也想去看看。你想不想去？""蒙古王"问。

"当然想了。可是他们不会带我们去。"

"我们自己也能去。"

"好倒是好，可是我们没有钱。"

"蒙古王"叹了一口气。

春草望着前方。在他们面前，雪白的羊群散在开满野花的山坡上。"我有办法了。"突然，春草说。

"你是说——""蒙古王"顺着他的目光望去，"卖掉一只羊？"

两天后，"蒙古王"把一只羊卖给了外村一个专门杀羊的屠夫，是低价卖掉的，屠夫向他许诺对此事绝对保密。

春草只是随口说说，没想到"蒙古王"当了真，不过他还是挺高兴的。

"蒙古王"跟家里人撒谎，说羊被狼拖走了，还装作很伤心的样子。然后，他和春草开始紧锣密鼓地制订着去城里看演出的计划。这时出了岔子。"蒙古王"的父母开始怀疑起"蒙古王"来，因为近两年来，米阿的狼都躲进了深山，村子里已经很少见了。当初说谎时，还不如说掉下山崖更真实些。"蒙古王"的父母开始追问羊的下落。如果此时他们再进城看演出，"蒙古王"的父母就会猜出是怎么回事，一定会打他个半死。

"那怎么办？"春草说。

"不管了，""蒙古王"横下一条心，"先看演出再说。"

两个人接着张罗，但是新的难题又出现了。今来知道了这件事，非要跟着他们一起去不可。他抓住哥哥的衣服，像水蛭一样不肯松手，从低声下气的恳求，到撒泼耍赖的哭泣，再到勃然大怒，河东狮吼，把春草弄得毫无办法。

"要不，带上他吧？""蒙古王"说。

"不行！"春草说，"我自己悄悄走了，还可以跟爹妈撒谎，但我和今来都不见了，就不好办了。要是他们追究起来，怕会把你卖羊的事也给暴露了。"

"蒙古王"也愁了。想来想去也没有更好的办法，最后，"蒙古王"一拍大腿："管他呢，咱们都去，回来再说！"

两周后，米阿村出动了三辆马车，把孩子们拉到车站，小乐队顺利地坐上了客车。

在乐队出发当天，三个孩子也出发了。他们沿着牧牛河徒步走出了山谷，走向通往山外的大路。一路上，他们引吭高歌，

非常开心。用了两个小时，他们走到了山口，转身回望，米阿已在远方。牡牛河变得非常细小，就像一条带子。

当客车离开米阿向远方驶去时，三个孩子知道，前方迎接他们的，是奇异的大千世界。

精彩的演出

我们到达演出地点后发现，这里聚集了大大小小十多个少年演出团，那些孩子穿的都是统一的服装，紧身衫、小短裙、小皮鞋、小靴子之类的，个个像骄傲的小公主和小王子。他们的乐器非常漂亮，闪闪发光。跟这些演出团相比，我们显得很寒酸。我们的衣服又土又旧，孩子们的脸膛又黑又红，乐器都是捐助来的，参差不齐，各式各样。所有演出团都注意到了我们，他们指指点点，窃窃私语，还偷偷地笑。孩子们有些难堪。

"孩子们，"我对他们说，"老师说过，我们是来唱歌的，不是来选美的。我们要用心灵和歌声征服观众。而且，朴素也正是我们米阿乐队的特色，不是吗？"

孩子们郑重地点点头。

至此，事情进行得还算顺利，除了一些小状况：有的孩子晕车呕吐；有的孩子头疼得厉害；有的孩子因从没坐过电梯而害怕地发出尖叫；有的孩子因为从来没有见过那么多高楼大厦，头晕了；淘气儿与一位女孩儿擦肩而过的时候，揪了人家的辫子，摸人家的乐器，但是女孩儿不但没生气，反倒回头朝着淘气儿粲然一笑。除此之外，一切正常。

演出期间，各地小演出团整齐划一的动作、动听的嗓音、精美的服装、出色的表演，赢得了观众热烈的掌声。特别是他们的器乐合奏，实在是太棒了！和他们相比，米阿乐队的演奏水平显得很是稚嫩。其实来之前我就知道会有这种差距，但我们还是来了。我只想给孩子们一些机会，一个希望，一种动力……

米阿乐队是排在第八个出场的。报幕员这样介绍我们：

"在感叹美丽的城市风景的同时，我们也听到了一些特别的孩子的心声。他们来自大山深处——小小的米阿。那里的生活非常艰苦，但是那里的孩子性格坚强。他们让我们明白了一件事，原来，希望与歌声一样，不需要过多语言的表达，都可以打动我们每个人的心灵。他们就在这里。下面，有请米阿乐队——"

临上台前，我对孩子们说："好好表现，把你们最美的歌声献给大家！"

演出前半部分，包括油菜的吉他弹唱、男女生小合唱、独唱、老朱的笛子独奏，等等，虽然孩子们尽力表现，但获得的掌声都是鼓励性的。到了马红叶和马红树的《虫儿飞》时，情况有了很大改变，马氏兄妹获得了观众们热烈的掌声，特别是小蚊子，人们都称赞她清脆纯净的声音犹如天籁。在热烈的掌声要求下，小蚊子又独唱了一首，同样获得了巨大的成功。

小蚊子唱完下台，我兴奋地跑过去："红叶……"忽然有一群记者冲开我，跑向小蚊子，好几个镜头对准了她，话筒纷纷伸过去。

"小姑娘，你叫什么名字？"

"你唱得太好了。"

"你学唱歌多久了？"

……

小蚊子被围在人群中央，吓得往后直退，呼吸变得急促起来。她的耳朵嗡嗡响，脉搏突突跳，目不暇接地看着一张又一张脸。

"小岚老师！"她惊恐地叫道，"小岚老师！"

"红叶，我在这儿，没事！"我朝她挥手，"他们是在采访你！"

但是小蚊子还是怕得要命，也不知道怎么挤出了包围圈，朝后台跑去，一直跑到楼外面，路上还摔了一跤，膝盖擦破了。

我追上去，扶起她。她抱住我哭了。

"红叶，不要哭，你终于展示了自己，证明了自己，老师非常高兴。事实证明，你唱得很棒，对不对？"

小蚊子带着泪笑了，点点头。

"所以，你要有信心。老师希望你接受那些叔叔阿姨的采访，这对你是有好处的，如果你不喜欢他们一群人围上来，就一个个地采访，好不好？"

小蚊子点点头。

我把她带回去，安排记者们分别采访她。我静静地等在一边，看着她，鼓励她。这次，小蚊子表现得好多了。

我发现，人们看我们乐队的目光也有了改变，由原来的轻蔑变成了尊重。

在赶乘回家的客车之前还有一段时间，我决定带孩子们到附近的商场和游乐园转一转。孩子们长这么大，还没进过商场和游乐园呢。

孩子们排成一队走进商场，成了一道特别的风景。

明亮的灯光，五颜六色的物品，摆满商品的货架，这都让他们啧啧称赞，让他们眼花缭乱。虽然我一再叮嘱孩子们不要乱跑，但是一进了商场，孩子们立刻就四下散开，不见了踪影。

我很紧张，生怕出什么差错。

油菜拿起一支橡胶头的通马桶器，问大家这是什么玩意儿，然后用那东西敲淘气儿的头。淘气儿马上拽下货架上的一把伞和他对峙；马红树坚称火腿肠里的肉都是死猫和烂狗的肉，导购员气得直翻白眼；有孩子朝黑泥吐口水，黑泥拿只盘子当作盾牌……我在商场导购员发火之前找到他们，带他们迅速离开。

离开商场前，我为每人买了一筒冰淇淋。这是孩子们第一次吃冰淇淋，他们从未想到人世间竟有如此美味的东西，对它的香甜惊奇不已。他们迅速把整个冰淇淋都吃下去了，包括上面撒的碎花生粒。

之后，我们去了游乐园。孩子们差不多玩遍了全部游乐设施，每个人都开心得不得了。

至此，孩子们第一次坐了中巴车，第一次坐了电梯，第一次到城市的舞台演出，第一次逛商场，第一次吃冰淇淋，第一次进游乐园，第一次有了理想和目标……他们人生中无数个第一次，是我带给他们的。我感到很欣慰。

当我们回到米阿，差不多半个米阿的人都在村口迎接我们，仿佛我们是了不起的功臣。

"看我这儿子！"小锁的爸爸捧起小锁的脸，对着他的额头亲了好几口，啁啾有声，很有喜剧效果，引得周围人大笑。小锁不好意思地推开爸爸，擦着额头上的口水："烦人，别亲我！"

自那以后，小锁的爸爸每天都是高兴的，走在路上都是一副扬扬自得的样子。他抓住每个机会吹嘘儿子，谁要是跟他搭话，他三两句话就拐到儿子身上："在城里的表演老精彩了！从那之后，城里人都认识我儿子了，都夸我儿子唱得好，不输专业的歌唱家呢！"

失踪的孩子

这天一大早，我的住处突然传来敲门声，声音很大，足以弄醒一个聋子。原来是春草的爸爸。他告诉我春草、今来和"蒙古王"不见了。

他们整整失踪三天了！

我们已经猜到他们是去城里看演出了，可是我们并没有看到他们，而且乐队在第二天就返回了，他们却到现在还没有回来！

事情变得严重起来。

这一整天，我的心里一直七上八下的，几乎没心情给孩子们上课了，只安排了自习，就匆匆跑去春草家。

我穿过田野，沿着牦牛河边疾走着。河边茂密的草长得像人一样高。每当风从上面拂过，草便会像大海一般掀起波浪，像水一样哗哗作响。盘旋在头顶的几只乌鸦呱呱地叫着，似乎向我传递着不祥的信息。我紧张起来，开始奔跑，越跑越快。我的喉咙发干，每一口呼吸都是灼热的。

快到春草家时，我心情愈发紧张，我想象着春草也许出事了，马上就会听到家长的号哭，没想到传来的却是破口大骂：

"小兔崽子，上哪儿去了？说！"

这句话仿佛阳光破云而出，我整个人一下子轻松了，立刻坐在门口的石头上。

看来，孩子们已经回来了。

一进屋，只见三个孩子并排坐在那里，衣衫褴褛，满身肮脏，就像小乞丐一样。不知他们吃了怎样的苦！在大人的斥责声中，三个孩子都不敢抬头。

我上前一把抱住春草，流下泪来："傻孩子，你要看演出就跟老师说，何必自己偷偷跑去呢？都怪老师不好，老师太忙了，没有想到你。"

春草咧开干巴巴的嘴唇朝我笑了："不怪你，老师。你别难过。"

"告诉老师，你去哪儿了，为什么好几天才回来，这几天都发生了什么事？"

一直不肯跟大人说实话的春草，这会儿简要说了一下事情的经过。

他们听说演出在影剧院举行，下了车后一打听，人家说有好几个影剧院，问他们找哪个，孩子们就蒙了。在人流车潮中，孩子们傻站在那里。他们不懂得红绿灯，不懂得斑马线，不懂得打车，什么都不懂，但是顽强的信念支撑着他们，一定要找到演出地。他们一路打听，挨个影剧院找，连找了几个，都不是。路太远了，他们又累又饿，中间休息了好多次，找了一天也没有找到。

夜里，他们舍不得花钱住宿，就住在桥洞里，吃面包喝矿泉水，第二天继续找。等终于找到那家影剧院时演出早结束了。不过影剧院正好在上映一部武侠片，一看票价还算便宜，三个孩子干脆看了场电影。

从影剧院出来，天已经黑了，孩子们只好又住下来，第二天一路打听，找到原来上车的地方。这其中的辛苦，无法一一说清。总之，他们没能看到演出，却做了一次特别的旅行。这一趟旅行让他们大开眼界，三个孩子都说不后悔，值。

十二点烛光

　　天空一天比一天阴冷、灰暗，慢慢地，树木脱去了叶子，光秃秃地站立着，草也枯黄了，现出一派苍凉的大地。

　　冬天到了。

　　节子爸爸要带节子去市里复查心脏。在这之前，我们一起庆祝了节子的十二岁生日。

　　节子应该是整个米阿唯一一个有着浪漫生日的孩子。有那么一瞬，他以为这一切是梦境。

　　我们端出了一个插满蜡烛的自制"生日蛋糕"，它是用白面和白糖蒸的。在山里，白糖、白面和豆油都是珍贵的东西。

　　我们点燃了十二支蜡烛，为节子唱起生日快乐歌。

　　"节子，许个愿吧。"我说，"许个你平时最想实现的愿望。"

　　他点点头，长长的、柔软的睫毛眨了眨，然后双手合十，闭上双眼。

“我知道我有一天会死，但是我想说：让我多活几年吧。即使我瘦弱、难看，除了吃饭什么都不能做，是个没用的人，但我还是想活着，所以，让我活着吧。”

他说完这话，大家都沉默了。

“节子，你好好的，相信你一定能活到一百岁！”小蚊子说。

“没人能活到一百岁。”黑泥诚实地说，接着传来“啊”的一声，有人拧了他一把。

因为第二天一早节子就要走了，我们把节子送回家，向节子告别。孩子们手拉着手，不愿分开。小蚊子抑制不住哭了起来。这哭声好像能传染似的，同学们都流下泪来。我的眼睛也湿润了。

“好啦好啦，瞧你们这样子，仿佛是永别似的。大家走吧，让节子早点休息，明天还要起早呢。”我忍住泪水，强带笑容。

回去的路上，小蚊子还在轻声抽泣。

有人有个新想法：“我们还有不少蜡烛，把它点起来为节子祈祷吧，祝节子明天会有好运。”

这个想法立刻得到了响应。大家纷纷点燃蜡烛，当孩子们从山坡顶上走过时，只见夜色里一排蜿蜒的烛光在山路上闪烁。

“那是什么东西？”一户人家透过窗子望着山脊。

“真好看。”他们说。

珍贵的礼物

　　我走在路上，看着冬阳下自己的影子，枯叶在脚下发出干燥的飒飒声。

　　回忆刚来米阿的时候，我的心里很乱。没有什么教学经验，面对山里的孩子，不知该如何是好。直到我下决心，一定要干出点名堂来。现在来看，我是成功的，看看我留下的东西就知道了。

　　现在，米阿乐队的表演已经成了米阿一项重要的娱乐活动，每逢重大节日，孩子们都会表演一回，抒发喜悦情绪，营造节日气氛。他们经常到各个地方表演，生活充实而有意义，也给米阿小学带来了希望的曙光。因为这个小乐队，米阿小学越来越有名气了。

　　在米阿人的家庭中，经常会出现这样一幅幅画面：

　　老朱坐在小板凳上吹着笛子，他的爸爸听着儿子演奏，智障的妈妈则满足地坐在旁边望着丈夫和儿子。

小蚊子的爸爸外出打工，当小蚊子想爸爸的时候，就给爸爸打电话，把新学的歌唱给他听。许多个夜晚，这边是唱歌的女儿，那边是工地上的爸爸，电话里歌声悠扬。

油菜当初报名学吉他，只是因为别人都报名参加，他也跟着凑热闹而已。现在，他真正喜欢上了吉他，每天有三个小时是雷打不动的练习时间。在这三个小时里，他会放下手里的任何事情，全心全意地练习弹奏。

黑泥已经会演奏许多曲子了，虽然还不够熟练，但在家人的耳朵里，却无异于仙乐。更可喜的是，他开始注重个人卫生了。现在，他每天早上都认真地洗漱。

在淘气儿家，往常空荡荡、冷冰冰的屋子，多了一些温暖。

"小子，给我打个鼓听听。"淘气儿爸爸说。他仍然在喝酒，但脾气比从前好多了。

"给钱不？"

"给你爹打鼓也要钱？"

"不给钱也行，但有个条件，你只许喝这一杯，不许再喝了。"

"中啊。"

于是，阵阵暖风中，你能听见淘气儿敲打起架子鼓时，还有一个醉醺醺的歌声破坏着曲子的美妙。

相比我留下的，我得到的东西更为丰富。

大山里到处都是宝，孩子们常给我带来各种好吃的，放在我的桌子上：山枣、柿子、山葡萄、大枣、黑枣、杏子、梨、桑葚……

我吃到了米阿最美味的鸡蛋，蛋黄漂亮得就像橙子一样。节子的姥姥为了给我弄到这些鸡蛋，不顾遥远的山路出去借来一筐，却在半路跌倒，摔伤了腿。当节子找到姥姥时，她在哭，不是为了腿上的疼痛，而是为了那些摔碎的鸡蛋。

我吃到了最美味的面。米阿最穷的一户人家，吃不饱穿不暖，寒冷的冬天甚至没有一双袜子，却用家里仅剩的猪油，给我下了一碗面。

我的生日也是在山里过的，孩子们蒸了馒头来代替生日蛋糕，他们围在我的身边，又唱又跳。那真是非常特别而美丽的一天。

你可能不理解这些礼物算什么，但在我看来，它们比任何东西都珍贵。

米阿的冬天

小蚊子曾说："要是我有魔法，我就按动开关，关掉冬天，小岚老师就不会离开米阿了。"

是的，我没和孩子们同舟共济，一起度过严酷的冬天，我被寒冷打败，逃回了城市，把孩子们扔在了严寒中。当我躲在城市的家里，在温暖的被子里度过冬天时，我总是惭愧地想起米阿。

米阿的冬天真的太苦了。学校的每间教室只有两扇窗子，夏天，学生们坐在教室里，把整扇窗子全部打开了也止不住汗流浃背；冬天，整个教室犹如冰窖，穿得多厚也无法抵御寒冷。讲台上的我冷得来回踱步，不时地对搓双手，活动冻僵的指关节。太阳躲在厚厚的云层中，始终不肯露面。讲课时，我所能看到的东西就是自己呼出的白雾，喷出、消散，再喷出、再消散，反复无穷。

在往返学校的路上，虽然我穿着厚厚的冬衣，但刺骨的寒风仍然冻得我鼻涕长流。在我的住处，缸里的水都冻成了冰，早上洗脸时，我需要凿开冰面取水，手被冰水激得直叫疼。我走出房子，可以看到屋檐边悬挂着一排玲珑剔透的冰锥，足有两尺来长，被阳光照得透亮透亮的。

在最冷的时节，我终于坚持不住，选择了离开。离开之前，我没告诉别人，除了马红树。

"马红树，答应我，老师不在这里的时候，你要照顾好小乐队。"

马红树平常对我安排的每件事都尽职尽责，可是这次，他只是转头看着别处："我不！"

"什么?!"我万没想到他会这样回答我。

"我要是答应你，你就不会回来了。"

"怎么会？我还会回来的。"

走的那天，我收拾好行装，打开门，竟然看见平时的空地上站着一大群人，有那么一瞬，我愣住了。

米阿人默默地等在我的门前好久了。

"小岚老师，我们来送你了。"他们说。

那一刻，我的眼泪掉了下来。

此刻，当我坐在图书馆里，听到翻书声，或是拿起乐器，我似乎又回到了那座小学校，和孩子们在一起。在我的脑海里，那段生活就像一段默片一样在不停地播放。

当我站在窗前，望着窗外的星星，我仿佛听到河水拍打岸边的声音，鼻子闻到泥巴、河水和青草的气味。那里的春天味道很浓，就算你把鼻子蒙在被子里也闻得出来。孩子们，只要度过这个冬天，我就会回到你们身边。借用雪莱一首诗里的一句：冬天如果来了，春天还会远吗？

此刻，我想象着自己坐在客车上，正奔向那绵延的大山、春天的大山，跑向那牤牛河和河边蓝色的鸢尾花。

我仿佛看见了米阿的孩子们：黑泥，油菜，淘气儿，小锁，节子，老朱，马红树，小蚊子，北风，春草……他们正在村口等着我。看见我，他们张开双臂，像是在空中飞翔一般，朝我扑过来，而我也朝想象中的他们张开怀抱。

我仿佛看到了山坡上那幢房子，那张床仍然对着窗户，我每天一睁眼就能看见对面的群山。我看见自己收拾妥当，打开门窗，然后在电子琴前坐下来，接着，清澈如流水般的曲子便在小山村里流淌开来。